この世でいちばん美しい別れ

ノ・ヒギョン
吉川凪 訳

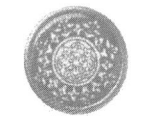

CUON

あなたへの手紙——K嬢、元気だった？

この手紙を受け取ったあなたは、K嬢という呼び名を見て大笑いすることでしょう。絶対だわ。金《キム》スヤ！　スヤさん！　そこの女の子！　スンドゥン（素直な子）！　いろいろ呼び方を変えながらあなたをからかっていられたあの頃、私はとても幸せだった。あなたのような人を母に持って。

「やめなさい、大人をからかうんじゃないよ」。口ではそう言いながらも、私に友達扱いされることを、あなたは明らかに喜んでいた。だから臨終のとき、とても愛していると言われても、私は別に感激しなかった。あなたが末娘ヒギョンをどれほど愛しているのか、とっくに知っていたもの。

あなたが、誰もが最後に行かなければならない場所に行ってしまった後、私は作家になった。そばにいたときですら恋しくてたまらなかったのだから、いなくなってからは、なおさらだ。主人公が恋愛し、別れ、死に直面し、裏切り、後悔するたび、私はあなたの助言を必要とした。

姉の夫となる人が気に入らなくて「お姉ちゃんをあの人と結婚させないで」と駄々をこねる私に、「あんたと暮らすわけじゃないだろ」「それなら、お母さんはあの人が気に入ったとでもいうの？」「私とも暮らさないよ」と言い放ったあなた。若い私よりもずっと、古い考えからふっきれていたあなた。「生きるのはつらくても、降る雪は美しい」と言っていたあなた。どうしてそんなに早く死んじゃったの。

フランスの作家アニー・エルノー（Annie Ernaux）は、五十歳を過ぎてから自分の体験した激しい愛の話を『シンプルな情熱』という本に著した。私はその本を読んで、いろいろな疑問がわいた。五十を過ぎて前後の見境もなく、こんなに無謀なことができるのか。息子のような年頃の既婚男性と寝て、罪の意識もないのか。愛は単純な情熱にすぎないのか。愛は習慣のように繰り返されるものなのか。『シンプルな情熱』に呼応するように書かれたフィリップ・ヴィレン（Philippe Vilain）の『抱擁』[*1]まで読んだ後にするべき質問かもしれないが、私は聞いてみたかった。

『シンプルな情熱』のアニー・エルノーと同じ五十歳の頃には、全身を病に蝕《むしば》まれていたあなたにとって、愛とは何であったのか、恋愛の情熱はあったのか、浮ついた気持ちと冷静さの境目は、本当にちょっとしたきっかけにすぎないのか。いや、それより、あなたもアニー・エルノーのような女であり、人間であったのだろうか。

もしそうだったのなら申し訳ない。私は一度だってあなたを女として、人間として扱ったことがなかった。長時間の手術を終えて目を覚ましたあなたに「言ってくれれば何でも欲しいものを買ってあげるし、何でもしてあげる」と言ったとき、あなたはこう言った。「あたしの青春を返してくれる?」。胸がつぶれるような気がした。そのときあなたは初めて人として、また友人として、人生の虚しさを私に語ろうとしていたのかもしれないのに、軟弱な私はそれを受け止められずに首を横に振り、顔をそむけてしまった。

ポンス、シミョン、キョンヒ、ウル、シジン、ユナというかわいい甥《おい》や姪《めい》たち。私は彼らに、あなたが私にしてくれていた役割の半分でもしてあげたいと思う。そしてあなたとはできなかった話、つまり、情熱や愛や罪の意識や屈辱やベッドの間にあるいろいろな境界を壊すことまで、彼らと話そうと思う。もし話の途中で私の考えに浅はかなところがあると気づいたら、教えてちょうだい。

じゃあ、またね。

前書きに代えて

＊1【抱擁】ヴィレンが『シンプルな情熱』を読み、約三十歳年上のエルノーと出会い、五年間愛し合った末に別れるまでの過程を描いた小説。エルノーの文体を意識的に真似て書かれており、男性版『シンプルな情熱』とも言われる

目次

1章

「ご飯くれないの？　お腹がすいて死にそうだ。馬鹿、このろくでなし女！」

早朝から、祖母のたけだけしい声が家中に響き渡った。便器に腰掛け、下腹を押さえてうなり声を上げていた母は、祖母の声を聞いて焦りだした。下腹部が締めつけられるような痛みに、顔はすでに汗まみれだ。

数カ月前から下腹にちくちくした痛みがあったのが、あるときから頻尿が始まった。トイレから出てすぐ、またトイレに戻らねばならないこともあった。いやな感じは良くなるどころか、だんだんひどくなり、しばらく前から母はトイレに行くのが怖くなっていた。

母は、少しぐらいの痛みや病気は気にしない性質《たち》であった。もともとおおらかな性格だということもあるが、心身の痛みまで自分の一部と受け止めて共存することに慣れているからでもあった。しかし今回の頻尿は、いくら薬をのんでも治らず、次第に体を締めつけてくるような感じだ。

「馬鹿、虎にでも食われちまえ。姑を飢え死にさせる気かい！」

祖母は騒ぎ続けた。呆《ぼ》けた祖母がむちゃくちゃに駄々をこね、悪口を言うのは、昨日今日に始まったことではない。母は祖母よりも、あわただしく出かける準備をしている家族に気を取られていた。

「すぐ行きますよ！　まったく、おしっこも落ち着いてできやしない」

母はやっとのことで痛みをこらえながら、祖母をなだめるように叫んだ。結局、用を足せないまま、ズボンを引き上げてしまった。

「ご飯は？　ご飯！」

母がトイレから出てくるとすぐ祖母が叫んだ。

祖母はよだれかけまで掛けてソファに座り、ご飯を待っていた。キッチンから食器の触れ合う音がするのに、嫁がなかなかご飯を出してくれないので、すねてしまったようだ。出かける家族の食事の支度をし、あわててトイレに駆けこんだ母の事情を、祖母が理解できるわけがない。

「あげますよ。ちょっと待って。ほんとにうるさいんだから」

小走りでテーブルのところに行ってみると母が心配したとおり、父はご飯を半分も食べないで部屋に入ってしまっていた。テーブルの上に牛乳のパックが置かれているところをみると、チョンスも食事代わりに牛乳を一杯飲んだだけらしい。三浪して少し前に医学部の入試を受けたところなので、チョンスは非常に気が立っていた。結果を待つのに、さぞかし気疲れしているだろうと思うと、母は息子のことが心配で仕方がない。

「どうせ、お粥《かゆ》だろ」

急いでお粥を温めている母に向かって、祖母が不満そうに叫んだ。

「またわがままを言う。ご飯がいやだというから、わざわざお粥にしたのに」

母が笑いながらお粥の器をお盆に載せてリビングに持っていった。

「この馬鹿！」

まだ怒りが鎮まらないのか、祖母は険しい顔で母をにらむ。祖母のわがままに口答えもせず、母はいつものようにお粥をスプーンですくい、口でフーフー吹いて差し出した。

「ほら、おいしいよ。さあかわいいお母さん、食べてごらんなさい」

祖母は母を横目でにらみながらも、口を開けてお粥を食べた。

「いってきます」

ヨンスが玄関に向かいながら素っ気なく言った。最近何か心配事があるらしく、やつれ顔のヨンスを、母は痛ましいような気持ちで見た。

「いってらっしゃい」

母はヨンスに答えると、ふと奥の部屋のほうを振り返った。そして、突然何かを思い出したようにお粥の器をテーブルの上に置き、あわてて部屋に行った。

鏡の前で出勤準備をしている父の眉間が細かく震えた。鏡の中で自分を見つめている男。額に深く刻みこまれたしわと、禿《は》げかけた頭。中年をはるかに過ぎた鏡の中の男は、今では感動や情熱とは無縁になってしまったようだ。父は、思わずため息をついた。若い院長とソリが合わず、ここ数日神経をすり減らしたためだろうか。目に見えて増えた白髪のせいで、いっそう老けてみすぼらしく思えた。

ようやく開業にこぎつけた個人病院が、八年前、突然の医療事故の後始末のため人手に渡ってしまって以来、父は勤務医として病院に通っていた。来年には定年を迎える父は、この頃、自分が廃物になりかけているような気がしていた。

「今日、手術あるの？」

いつの間にか部屋に入っていた母が、ハンカチを手渡しながらおずおずと尋ねた。父は答えもせず鏡ばかりのぞきこんでいる。父は無口で、聞かれたことにもなかなか返答しないから、母はたいてい、同じことを二度聞いた。

「ないの？」

母はネクタイを直すふりをして父の顔色をうかがった。

「何だ？」

ぶっきらぼうな答えが返ってきた。

「今日、私、*1頼母子講《たのもしこう》で出かけるの。夕方、一緒に帰ったらどうかと思って……」

「何をする気だ？」

「頻尿が治らないから、病院で尹《ユン》先生に診てもらいたいの」

「よその病院に行けよ」

父はそう言い放つと、いやそうな顔をした。母が病院の話をするのを、父はいつも嫌った。医者の妻だというのに、母は病気をしても、夫の病院にはめったに行けない。

「尹先生が気楽なんだけど……」

母は父の顔色をうかがいながら、言葉を濁した。

「それぐらい、薬でものんでりゃ治る。病院に来るほどのことじゃない」

それ以上話したくないというように、父は部屋を出ていった。普段ならここであきらめるところだが、今日は腹を決めて食い下がった。

「治らないんだもの」

「お父さん、遅刻するわよ」

玄関で待っていたヨンスが、時計を見ながら父を呼ぶ。運転できない父を病院まで送るのは、ヨンスの仕事だった。

母は父を玄関まで見送りながら、いつになく愛嬌《あいきょう》をふりまいた。

「行くからね」

父は、ついにひと言も返さないまま玄関を出た。母はその後ろ姿を、リビングのガラス越しに、寂しそうな顔で見つめていた。

「病院に来いと、すんなり言ってくれればいいのに」

父の頑固なのはわかっているけれど、さすがにこんなときはちょっと恨めしい。

「ご飯くれないの？　姑をゴミ扱いにするのかい、この馬鹿！」

いつの間に来ていたのか、祖母が母の髪の毛をつかむと、あっという間に母をリビングの床に倒してしまった。お粥をおいしく食べていた途中で急に席を立ってしまった母に、ひどく腹を立てているのだ。どこにそんな力があるのか、祖母は倒れている母の髪をつかんで振り回した。

「痛い。すごい力だわ。放して。髪の毛が抜けちゃう」

騒がしい音に振り返った父は、またかというふうにため息をつくと、そのまま門を出ていった。

「自分たちばっかり食べて、あたしにはくれないの？」

「痛いったら」

大きな声は出しても、母は呆けた祖母を責めようとはしない。そうして母の一日が、また始まった。

祖母は、体は小さくとも、ひとたび怒りだすと誰もかなわないほどの力を発揮した。そのたびに髪をひどく引っ張られたり、全身をめちゃめちゃにたたかれたりしたが、母はいやな顔ひとつ、見せたことがない。

祖母がしっかりしていた頃もそうだった。どんなにいじめられても、謝るのはいつも母のほうだった。主体性がないのか、生まれつき寛容なのか、母はどんなことでも、ただ受け流しながら生きてきたし、母自身がそんなふうだから、家族も何とも思わなくなっていた。朝、祖母が起こした騒ぎも、家族には日常のひとコマにすぎなかった。

そうして嵐が過ぎれば、祖母は羊のごとくおとなしくなった。しかし母の髪はひとつかみ分抜けてしまったようだ。

全身が痛むのをこらえ、母は朝食の後片付けを始めた。お粥を食べてしまった祖母は、何事もなかったかのようにソファに座ってボールで遊んでいた。透明な箱の中にいっぱい入ったいろいろな色のボールで、記憶力トレーニングをするのだ。認知症患者の治療にボール遊びが有効だという話をどこかで耳にした母は、ずいぶん以前から暇さえあれば祖母をボールで遊ばせるようにしていた。

皿洗いをしているので祖母をちゃんと見ることはできなくとも、母は祖母が赤いボールを探そうと箱をじっと見つめているのを知っていた。

「赤いボール、花嫁さんのほっぺたみたいに真っ赤なボールはどこ?」

母の言葉が終わるやいなや、祖母は素直な子どものように天真爛漫《てんしんらんまん》な表情で箱の中をさぐり、赤いボールを持って見せた。

「あーら、よくできたわね。次は白」

母にほめられて、祖母は気を良くした。上気した顔で、また箱の中を見ながら白いボールを探そうと、目玉を動かす。しかしなかなか探せないらしく、母の顔色をうかがっている。それでも母がヒントをくれないので、ボールをあれこれ持ち上げたり置いたり、同じ動作を繰り返している。

しばらく悩んでいた祖母が、とうとうボールを拾い上げて叫んだ。

「これ、白いボール」

母が振り返って首を横に振った。

「それは黄色でしょ」

「白だってば」

祖母は黄色いボールを持って、白だと言い張った。

「黄色ですよ」

「この前はこれが白だと言ったくせに」

頑《かたく》なに主張していた祖母は、プライドが傷ついたのか、ひねくれてしまった。

「そんなこと、言ってませんよ」
まるで幼い子どもをあやしているようだった。

「もうやらない」

癇癪《かんしゃく》を起こした祖母が、いきなりボールを放り出した。おとなしくしていたのに、また駄々をこね始めたのだ。

「どうしたの？」

「おぶって。後でまたやる」

「私も、もう、やらない」

母も軽くにらみながら、首を横に振った。

「おぶって！」

「いやよ。私ももう年で、腰が痛いんだから」

そう言いながらも母は急いで食器を洗い終えると、祖母をおぶって中庭に出た。眠くなったのか、祖母はぼんやりと目を閉じた。祖母は母の背におぶわれて眠るのが、いちばん好きだった。

母が子守唄代わりに歌を口ずさみ始めた。

引き返そうと
風の吹くまま歩いても
振り返らないのは
未練なのか　心残りか
胸に　この胸に
秘めた話が……

日差しが明るい。母は歌いながら、甕《かめ》に入った味噌や醤油に日がたっぷり当たるように、一つ一つふたを開けてやる。味噌や醤油の醗酵《はっこう》してゆく様子を見ると、ご飯をおいしそうに食べる子どもを見ているような、満ち足りた気分になる。

中風気味の祖母の左腕が、母の首に重くのしかかっていた。祖母がいくらやせているといっても、年齢を重ねた母に、ずっとおぶっているだけの力はない。

母は赤ん坊を寝かしつけるように優しく体を揺すり、祖母が目を覚まさないよう注意して、門のほうに歩いていった。ホームヘルパーが到着した音を聞きつけたからだ。門に向かって三、四歩歩いたとき、背中で眠っていると思っていた祖母が、頭を持ち上げた。

「誰か来たのかい？」

祖母を寝かしつけてそっと出かけるつもりだった母の期待は、まったく外れてしまった。

「どこ行くの。あたしを置いてどっか行くの？」

ヘルパーに祖母を頼んで、よそいきの服で部屋を出てゆく母に、祖母がつきまとった。

「どこ行くのよ。あたしも連れてって」

いくらすねても、母が外出をあきらめないと見たのか、祖母は泣きそうな顔で哀願する。

「お母さん、私、ちょっと出かけてくるわ。おとなしくしててね」

母はヘルパーに目で合図をすると、さっと玄関を出た。

「やだ。あたしも連れてけ。この馬鹿！」

家の中でむずかっている祖母の声が、中庭まで響いていた。ちょっとでも目を離すと何をしでかすかわからない祖母のために、母は出かけても気が気でない。

祖母は、嫁以外の人と一緒にいるのをとても怖がったから、母はろくに外出もできなかったのだが、今日だけはずっと前からやろうと決めていたことがあった。冬になる前に一山《イルサン》*2に建てておいた新居に入居するには、頼母子講の掛け金を受け取らなければならない。今日が、待ちに待ったその日なのだ。

一年後に夫が定年退職したら、一山の新居で、夫婦でゆったり老後を過ごすこと、日当たりのいい家で祖母に安心して暮らしてもらうこと、母の老後の願いは、その二つだけだった。今日、お金を受け取って資材の代金を支払えば、寒くなる前に新居が完成して、入居できることになっていた。

門を出てからも祖母の声が耳について、母は足が重かった。門の外でしばらく家の中をのぞきこんでいた母は、やっと気持ちを落ち着けて、バスの停留所に向かった。

ぐずぐずしていたので、約束時間よりすでに三十分も遅れていた。あわてて満員のバスを降り、デパートの中に入った母は、売り場一階の洗練されたディスプレイを眺めて微笑した。頼母子講の集まりが開かれるコーヒーショップは、ヨンスがディスプレイの仕事をしているデパートの中にあるのだ。

「これ、全部ヨンスがやったのかな?」

娘の仕事を見て、母は感心したようにつぶやいた。

*

来シーズンの売り場のディスプレイに使う資材のリストを点検していたヨンスは、インターホンの音に顔を上げた。部長の呼び出しだ。少々のことでは平社員を呼びつけたりはしない部長が、何のために自分を呼び出すのかといぶかりつつ、ヨンスは部長の部屋に向かった。

オフィスのドアを開けた瞬間、ヨンスは立ちすくんだ。部長が大切にしているライム色の革張りのソファに、ヨンソクが座っていたのだ。それも、平然と、笑いながら。

二度と会いたくないと思っていた。もし顔を合わせることがあっても、いっさい動揺せずに冷静に対面しようと、繰り返し心に誓った。しかし何の予告もなく出くわしてしまうと、胸の奥からこみ上げるものを抑えるのは、たやすいことではなかった。

ヨンスは、ヨンソクに対する感情を押し殺すように目を伏せた。少なくともヨンソクには、自分が動揺していると悟られたくない。

「丁《チョン》ヨンスさん、今度の資材だが、テソンに発注しようか？」

すでに決定済みだとわかっているくせに、部長はまるで同意を求めるようにヨンスに尋ねた。この分野ではプロ中のプロだと言われるヨンソクが、そのビジネス能力を発揮して、もう納品が始まっている別の会社の資材を、テソン社のものに変えるよう、巧みに営業をかけたのに違いない。

ヨンスは、実務者として仕事の領域を侵されたことも不愉快であったが、何もなかったように笑みを浮かべているヨンソクのスマートな姿を見て、腹が立った。彼との連絡が途絶えたこの三カ月の間、ヨンスは生きた心地がしなかった。死ぬほどのつらさと恋しさ、怒りと屈辱に耐えて、ようやく自分を取り戻せるようになったばかりだった。なのに、ヨンソクは何事もなかったみたいに気楽な顔をしている。

ヨンスは、ヨンソクを意識しながら、断固として言った。

「部長、それは困ります。もうインファ社から資材の一部が入ってるし、これからも来ることになっています」

「ああ、それはいったん返品して、今度また使ってやればいいじゃないか」

「私は、そんなことできません」

「おやおや。意地を張るなよ。これはもう、上で決定されたことなんだ」

単価によって資材の納品業者が変わるのは、よくあることだ。それを知らないわけではないが、ヨンスは顔を赤くして自分の意見を主張した。ヨンソクに対する感情が自分を追い立てていることを、ヨンスは誰よりもよくわかっていた。ヨンソクもまた、そんなヨンスの気持ちを読み取ったかのように、部長と彼女を交互に見ながら、優しく笑っていた。

我慢できなくなったヨンスは、決裁書類を机の上に投げつけるように置くと、部屋を出てしまった。

非常口の階段を走り下りるヨンスの背後で、ヨンソクの足音がした。無視しなければという気持ちと恋しさが入り交じっていたのか、階段の角を曲がろうとしたヨンスがふらついた瞬間、ヨンソクが彼女の肩をつかんで壁に押しつけた。

「ヨンス、ちょっと話をしよう」

ヨンソクは切実な目でヨンスを見た。ヨンスがあれほど欲していたヨンソクの視線。しかしヨンスは知っている。もう二度と目を合わせてはならないということを。

「誰が何と言おうと、テソンの資材は使わない。あっちへ行ってください」

ヨンスは顔をそむけて、ヨンソクの視線を避けた。

「そんな話じゃない」

ヨンソクが、またヨンスの前に立ちはだかった。

「あのときは仕方なかったんだ」

「また奥さんが疑ったの？　だからあたしに電話一本くれないで、三カ月間、奥さんをなだめたっていうの？　そういうこと？」

ヨンスはこの三カ月というもの、ヨンソクから何の連絡も受けなかった。その代価として、彼は家庭の平和を得たのだ。しかしヨンスにとっては、屈辱と悔恨の連続だった。もともと、スタートから間違っていた恋なのだ。この辺でけりをつけなければ。

「ゆっくり話し合おうよ」

「何を？　あたしがどんなにつらかったか、どんなにみじめだったかってこと？」

「欲張らないって約束したじゃないか」

ヨンスは男の利己的な愛にあきれて、笑いがこみ上げた。

「そうね。欲を出さないことにしたわ。だからあっちへ行って」

ヨンスは冷たく言って背を向けた。

ヨンソクの愛さえあれば、もう何もいらないと思っていたときもあった。欲張らないというのも、ヨンスが自分から言いだしたことだ。胸が高鳴る愛さえあればよかった。だが愛せば愛すほど、自分がみじめでぼろぼろに感じられる瞬間を避けることができなかった。一日に何十回も地獄に落ちながら、ただ忍耐し、待ち続けた。しかしそのみじめな気持ちも、甘いささやきを聞いた途端、一瞬にして消えてしまう。うんざりするような愛。ヨンスはこの地獄から抜け出したかった。

「そんなこと言うなよ。ヨンス、愛してる」

唇を噛んで背を向けたヨンスを、彼が後ろから抱きしめた。ヨンスを離さないというように、彼は腕にだんだん力をこめた。

ヨンスは、必死でつかんでいた糸が、音を立てて切れたのを感じた。頬に涙がつたう。別れるには、まだヨンスの愛は深すぎた。ヨンスは彼の愛の前で再び崩れてゆく自分に、むしろ深い安堵《あんど》を感じていた。

ヨンスとヨンソクは並んで階段に腰掛け、しばらく黙っていた。不思議なことだ。恋しさに喉が詰まり、会えないという現実に挫折し、目の前の彼から目をそむけようとあがいていたのに、今、一緒にいるこの空間と時間に感謝の念がわいてくるなんて。崩れ落ちた気持ちに、安堵するとは。不思議に思ったヨンスは、振り切ることのできないこの執拗な恋の始まりを思い出していた。

リラの花の香りが強くて、まるで幻覚の街にいるような感じのする春の晩だった。残業で夜遅くオフィスを出たヨンスは、デパートの前のベンチに座っているヨンソクを見かけた。彼は、深く吸いこんだタバコの煙を、ため息のように春風に乗せて吹き出していた。そのときヨンスは、胸を打つ何かを感じた。彼が吹き出す寂しさが、ヨンスの胸をかきむしってゆくようでもあった。

黙って通り過ぎることはできなかった。気づかないふりをしてそのまま通り過ぎるほうがよいのかもしれないと思いながらも、ヨンスは何かに取りつかれたように、ヨンソクに近づいていった。

「こんな遅くに、ここで何をしてるんですか？」

お義理で声をかけたのではない。そのときヨンスは、ヨンソクがなぜ遅い時間にそこにいたのか、本当に知りたかったのだ。わずか一分前までは、取引先の人だということ以外には何の関係もなかったその男が、突然ひどく気にかかった。

「人を待ってるんです。話があって」

「ああ、そうですか。それじゃ私は……」

誰かを待っていると聞いて、ヨンスは彼に関心を持っていることを悟られてはならないと思った。気づかれる前に立ち去ろうとしたときのことだ。

「ヨンスさん。あなたを待っていました」

二人はデパートの裏にある屋台に行った。ヨンスは母親に似たのか、体質的にあまり酒が飲めない。それなのにその日、ヨンスは焼酎を半瓶以上も飲んだらしい。

「今日は友達が必要だったんです」

ヨンソクは若くして能力を認められ、順調に出世していた。人間関係もうまくいっていたし、家庭も円満だという噂だった。そんな彼が寂しそうな目で、友達が必要だと手を差し出し、ヨンスはためらいもせずにその手を握った。

「三年前、ヨンスさんがこのデパートに入社した頃は、ただかわいいと思っただけだったのに、いつからか、孤独や寂しさを感じるたびに、ヨンスさんのことが思い浮かぶようになりました」

ヨンスは、訳のわからない混乱に陥っていた。彼の告白が彼女の心を揺り動かし、オレンジ色に光る屋台のビニール屋根の上に漂っていた。ヨンスはヨンソクの目が、とても優しくて温かいと思った。

ヨンソクの目に、ヨンスは父を思い浮かべた。母だけでなくヨンスと弟のチョンスに対しても、あんな温かい眼差しを向けてくれなかった父。そんな父の傍らで長年苦労してきた母を思うと、心の片隅が痛んだ。

「あたしはお母さんみたいな生き方はしない。夫に愛されて暮らしたいわ」

ヨンスは世間のすべての女と同じく、結婚するなら優しく温かい目をした、妻を愛し和やかな家庭を築くことのできる「ヨンソクのような男」がいいと願っていた。だが、この瞬間からヨンソクは「結婚相手として理想的な存在」ではなく、一緒にいたい、愛されたい現実的な存在になってゆくのだろうという予感が、ヨンスを徐々に揺り動かしていた。

ヨンスは自分をじっと見つめているヨンソクを見ながら、この男と離れられないだろうという、ほろ苦くも胸に満ちあふれる予感にとらわれていた。その気持ちを隠すように、彼の肩にそっと頭をもたせかけた。

そのとき、非常口のドアが開く音がした。ヨンスは驚いて顔を上げ、ヨンソクも体を起こした。秘密にしておかなければならない恋だということを体が先に知って、反応したのだ。

「よりによって、インチョル先輩だなんて」

ヨンスはいっそう当惑してしまった。大学の先輩であるインチョルは、ヨンスとヨンソクの関係をすべて知っている唯一の人間だった。それで、いっそう恥ずかしい。

目が合った瞬間、ヨンスはインチョルの視線が揺れるのを感じた。インチョルは、固まったように立っているヨンスから顔をそむけると、ドアを閉めて行ってしまった。

ヨンソクとの連絡が途絶えた三カ月の間、インチョルは苦しんでいるヨンスの愚痴や恨みつらみを聞いてやっていた。インチョルは、ヨンスが安心してもたれ、休むことのできる木のような存在だった。

大学時代、インチョルはヨンスの保護者を自任していた。友人たちもそう思っていた。彼は常に影のようにヨンスのそばにいてこまごまと面倒を見てやったし、ヨンスも、そんなインチョルがいやではなかった。だから家のことで悩みがあったり、心が乱れたりするときは彼に相談したし、卒業してからも彼の助言や助けによって、同じ職場に通うことになったのだ。

ヨンスにとって、インチョルは探さなくても、恋しがらなくても、いつもそばにいる存在だった。ヨンスは、インチョルにそれ以上を望まなかった。ありがたい友人、気楽なお兄さんのように近くにいてくれれば、それでよかった。インチョルがそれ以上近づこうとすると、ヨンスは適当な距離を置いたりもした。

インチョルは、ヨンスが告白した恋の悩みをすべて受け止めてくれたが、決してヨンスとヨンソクがうまくいくことを願っていたのではない。それは自分のことを心配してくれているからだと知っていたから、ヨンスは、冷たく固い表情でドアを閉めて立ち去ったインチョルが気にかかった。ヨンス自身ですらどうすることもできない感情を、インチョルが理解できるはずはない。

ヨンスはヨンソクをしばらく待たせておいて、作業場に行った。インチョルは怒りに満ちた顔で、荷ほどきした資材を再び梱包していた。

「上で決定したことよ。単価が二パーセントも安かったの」

ヨンスは弁明するように資材の話を持ち出した。

「わかってる」

インチョルは、ヨンスに目もくれないで冷たく答えた。

「李《イ》先輩……」

ヨンスはもっと説明しなければと思ったものの、言葉が出ない。

「行けよ」

インチョルは、相変わらずヨンスのほうを振り向こうともしなかった。ためらっていたヨンスが仕方なく出てゆこうとすると、背後からインチョルの声がした。

「焼けぼっくいに火がついたな」

ヨンスは、惨憺《さんたん》たる気持ちで立ち止まった。

「あたしもつらいの。だから見逃してちょうだい」

言いたいことがうまく言葉にならない。

「あんな仕打ちをされて、まだわからないのか」

インチョルの声はいっそう厳しくなった。

「関係ないでしょ」

ヨンスは崖っぷちに立たされたようにくらくらした。突然、そんな状況が、たまらなくいやになった。インチョルの態度が不当であるという気もした。

「あんなに泣きわめいたくせに、あっさりよりを戻すんだな」

「もうお昼よ」

ヨンスは手痛い非難の言葉を避けるように、その場を離れた。

*

ある人にとっては大金だが、他の誰かにとっては小さな金額でしかない一千万ウォン。母は友人たちとの頼母子講で得た一千万ウォンをバッグに入れながら、世の中のすべてを手に入れたようにうれしかった。

「一山《イルサン》の家は完成したの？」

「秋に入居できるはずだったんだけど、資材の費用が足りなくて延ばしてたのよ。やっとお金ができたから、持ってかなきゃ」

「そんなら、もっと早く受け取ればよかったのに」

母もそう思わないではなかった。だが、頼母子講というのはそういうものではないか。早く受け取ると、利子を払わなければならない。節約しながら家計をやり繰りする状況では、わずかな金も惜しかった。

久しぶりに友人たちに会うと、母は自分がひどく潤いのない生活をしているような気がした。お金の問題だけではなく、姑の世話に追われて、ろくに友達と電話もできないでいたからだ。

少し前に友達が子宮の摘出手術をしたときも、見舞いにも行けなかった。幸いガンではなく、子宮ガンで髪が抜けやせこけて苦しんでいる近所の女性を見て怖くなり、思いきって子宮を全部取ってしまっただけだとはいうものの、それでも腹を切ったのだ。気遣うべきは体ではなく、病気を恐れて子宮まで摘出する友人の、弱った心だったのかもしれない。

「つらかっただろうに、ごめんね。私がご馳走するわ。行こう」

「いや、お昼は約束があるの。今度おいしいものご馳走して」

食事ぐらいで済ませられることではないが、それでも友達に温かいご飯を食べさせたかった。母は一山に移ったら、引っ越し祝いに友人たちを招待して、たくさんご馳走すると、いつになく大口をたたいた。

デパートの入り口で友人たちと別れた母は、ヨンスのことを思った。この機会に、ヨンスとヨンスの大学の先輩を呼び出して昼食でも食べさせるつもりで、再びデパートのロビーに戻った。

そのとき、ヨンスは昼食をとるためヨンソクと一緒にエスカレーターで一階に下りていくところだった。インチョルの激昂《げきこう》した声が、まだ耳に残っていて、ヨンスは憂鬱《ゆううつ》な気分を振り払うことができなかった。

「何食べようか？」

一段下にいたヨンソクが、周囲を気にしながら、さりげなく聞いた。

「スープ物がいいな」

「ヨンス、笑ってみろよ」

ヨンスは、まるでポスターの背景に写った人物のように、かすかに微笑んだ。ヨンソクがヨンスの顔をちらっと見て、満足したように笑った。

「やっと元の君に戻ったね」

昼食時のため、デパートのロビーはあちこちの売り場から出てきた人々で、かなり混雑していた。

「ヨンス！」

エスカレーターがロビーに着く直前、耳慣れた声がヨンスを呼び止めた。見回すと、母がいた。ヨンスを見つけてにっこり笑いながら手を振る母の顔が、いつになく明るい。

「お母さん」

ヨンスはヨンソクを気にしながら、エスカレーターを降りた。

「時間ぴったりだったわね。電話しようと思ってたところだったの」

何かいいことでもあったのか、母は浮き浮きした顔つきでヨンスに近づいた。ヨンソクは、母の横を通り過ぎて玄関に歩いていった。ヨンスはその後ろ姿をちらりと見てから、母のほうに向き直った。

「お母さん、どうしたの？」

ヨンスは平静を装って聞いた。

「今日、ここで頼母子講があったの。あんたと、あんたの先輩にお昼をご馳走したいと思って、友達と別れてきたんだけど」

母は、ヨンスの学生時代から知っているインチョルに、好感を抱いていた。内心では、二人がうまくいってくれたらいいと願っていることに、ヨンスは気づいていた。

「どうしよう。お母さん、あたし忙しいんだけど。先輩も今、忙しいわ」

「仕事があるの？」

母は残念そうな顔をした。玄関の前で待っているヨンソクの姿が、ヨンスの目に入った。ヨンスは、母の寂しさに気づかないふりをしようと思った。

「うん」

「じゃあ、仕方ないね」

「ごめん」

「ああ。行きなさい」

「じゃあね。買い物して行きなさいよ」

ヨンスは、母を一人残してデパートを出た。久しぶりに外出した母には申し訳なかったけれども、戻ってきたヨンソクと少しでも長く一緒にいたい気持ちのほうが、強かった。

*

母は突然来て、忙しい娘に迷惑をかけたと思った。体の弱い娘が小走りで仕事に戻る姿が、痛々しかった。

「よっぽど忙しいのねえ」

それでも、振り返りもせず行ってしまった娘に、ちょっと物足りない気もした。

病院の診察時間まで、まだ一時間余りあったが、友人たちもヨンスも約束があるというから、一人で食事をしなければならない。母は時間つぶしも兼ねて、デパートの地下食品売り場に下りていった。

塩辛を何種類か買っていると、みすぼらしい身なりの女が試食コーナーで塩辛をつまんでいるのに気づいた。その様子を見ていて、貧しいのに人一倍食欲旺盛な、義理の妹が思い出された。

母が唯一心配しているのは、弟のクンドクだった。根は優しい子なのに、ともすれば酒や博打《ばくち》にふけって、家長としての役割をろくに果たせずにいるからだ。しばらく前に始めたタクシー運転手の仕事も、さぼっているらしい。

そんな男と結婚して今まで贅沢《ぜいたく》はおろか、家政婦や食堂の従業員など、働きづめで苦労している[*3]義妹《オルケ》の存在が、母はいつもありがたく、また気の毒だった。その義妹が最近、[*4]タルドンネに屋台を出して頑張っているようだが、金をせびる夫に我慢できているのだろうか。

母は義妹の好きな塩辛でも買って持っていってやろうかと思い、電話をかけた。電話が鳴っても、義妹は電話に出なかった。この時間には家で屋台の準備をしているはずなのに、どうしたのだろう。母は妙に不安になった。

そのとき、呼び出し音が途切れ、受話器を通して義妹の悲鳴が聞こえた。母はどきっとした。

「クンドク！　オルケ！　オルケ！」

不安になって義妹を呼んでみるが、返答はなかった。

「あたしの金を返せ。この泥棒！」

受話器の向こうから義妹が必死で叫ぶ声が聞える。母は事情がわからなくて、じりじりした。

「オルケ！　オルケ！」

いくら呼んでも応答がない。受話器は放り出したままになっているようだ。

「どうしたんだろう」

母は思わず、長いため息をついた。

「博打で負けたりしたら、コチュジャン（唐辛子味噌）の中に放りこんでやるから、覚えときな！」

続いて、義妹が大声で泣く声がかすかに聞こえてきた。何が起こったのか、聞くまでもなかった。

中庭にへたりこんで悲しそうに泣いている義妹の顔と、金をつかんで息せき切って博打場に向かう弟の、分別のない子どものような姿が目に浮かんだ。母は再び胸が詰まり、全身の力が抜けてしまった。

クンドクがまだ小さいときに実家の母が亡くなり、姉と弟は男手ひとつで育てられた。頑固で厳しかった父の下で育っているときには、クンドクはひねくれた子どもではなかった。しかし幼い子ども二人に片親しかいなかったために、クンドクはいつも内向的だった。もともとは、いい子だった。何をするにも根気がなく、粘り強く働けないのも、人がいいからだと姉は思っていた。

実家の父の商売が傾き始めるまでは、自分の食い扶持《ぶち》さえ何とか稼いでくれればいいと思っていたが、世の中は思うようにいかないものらしい。母はすぐにでも弟の家に駆けつけたかったが、病院の予約の時間が迫っていたので、ただやきもきするばかりだった。

落ち着かない気分でデパートを出た母は、バスに乗って父の病院に行った。

産婦人科の診察は、夫の親しい後輩であり産婦人科長である尹《ユン》博士が担当していた。昔からよく知っているので、母は独身の尹博士を実の妹のように思っていた。

「まだお昼食べてないみたいね？」

「医者一人に患者百人が、うちの病院のスローガンなのよ。私はまだましなほうよ。外科はもっとひどいはずだわ。先輩は、愚痴をこぼしてない？」

「あの人、もともとしゃべらないから」

「子どもの頃は、お医者さんになったら楽に暮らせると思ったんだけど、それもお金と能力のある人の話ね。ボーナスも退職金もない。サラリーマンのほうがましよ。お義母《かあ》さんは？」

「ヘルパーさんを頼んだの。さっき電話したら、寝てるって。いったん寝ついたら、昼間でも八時間ぐらい寝るのよ」

子どもを二人産んだとはいえ、産婦人科を受診するのは相変わらず気が重い。妹のように思っている尹博士にでも、脚を広げて診察を受けるのは、やはりきまりが悪かった。

「この前、検診受けたのはいつだっけ？」

「三、四年前になるかな？　私は元気だから、来る用事がなかったのよ」

「頻尿はいつから？」

「だいぶ前からだと思う」

母は、たいしたこともないというように答えた。

「おしっこのとき、右の下腹が押されるような感じがしない？」

「少し」

最初は何げなく症状をあれこれ尋ねていた尹博士の表情が深刻になりだしたのは、超音波検査をしてからだった。カルテに何か記入しながら、しきりに超音波のモニターをのぞきこむ尹博士の顔が、だんだん暗くなっていった。しかし母はちっとも気づかずにいた。

「ほかの科に連絡しておくから、寄っていってください。あと何種類か検査があるから」

検診を終えた尹博士が母に告げた。

「どうして？　どこか変なの？」

母は、内診だけして、薬を何日分かもらって帰るのだろうと思っていた。

「来たついでに、お金を使わせてやろうと思ってね」

尹博士が、ぎこちない笑顔で冗談を言った。

検査をすべて済ませると、父が仕事を終える時間になっていた。病院のロビーで父を待ち、一緒に満員電車に乗って家に向かった。

混雑した駅を抜けて近所まで来ると、母は何だかいい気分だった。こうして父と二人きりで家に帰るのは、ずいぶん久しぶりだ。

子どもが二人もいながら、夫とゆっくり過ごす時間もないまま暮らしてきた。父はもともと愛想のない人なので、母は今日ぐらい外食しよう、とはなかなか言い出せなかった。

内心では、せっかく外で会ったのだから、父がチャジャンミョン（肉味噌そば）でも食べようと言ってくれるのを望んでいた。だが物足りなく思うのも束の間で、母は、父と並んで家に向かっているというだけで、満足だった。

「あなたも運転習ったら？　朝はヨンスが送ってくれるけど、帰りに電車に乗るのは大変でしょう」

満員電車でつり革につかまり、疲れたように目を閉じて立っていた父が、母には痛ましく見えた。

「渋滞がひどいっていうのに、俺まで車を運転する必要があるか？　そんなこと考えんでもいい」

母は父の顔色をうかがい、以前から言いたかった話を切り出した。

「あなた、病院は、再来年に退職することにできない？」

「どうして？」

「チョンスが大学に入ることだし、もう少し勤めてたほうが何かといいと思うの。家を建てるのにもお金がかかったし」

父は一本気なうえに、人間関係もさほど円滑ではない。若い院長の下で勤務医として働くのが大変なのは、じゅうぶん察せられるものの、母は、父があと一年だけ辛抱してくれることを願っていた。最近は家計が苦しいのだ。

「今でも、若い院長にがみがみ言われるの？」

母はそっと父の顔色を見た。

「チョンスのやつ、この頃、どこをほっつき歩いてる？」

父は都合が悪くなると、いつも話題を変える。そんな父を誰よりもよくわかっている母なので、病院の話はやめることにした。

「私も知らない」

チョンスは最近、酒を飲んで夜遅く帰宅することが多い。父の願いどおりに医学部に進学するため三浪もしたのだ。父はそんなチョンスが信用できないようだったが、母は、息子は不安で肩の荷が重いために、酒を飲むのだろうと思っていた。

「柿が出てるかしら？」

母も話題を変えて、果物屋へと足を向けた。一日中母を待っているはずの祖母に、熟柿でも買って帰るつもりだった。

父は、チョンスの話が出ると、いつもかばうように話題を変えてしまう母を、不満げな顔で見ていた。

＊

夕食を食べて顔を洗っていた父は、尹博士の呼び出しを受けて再び病院に向かった。急患だろうと思ってタクシーを降り、歩いていると意外なことに病院の前で尹博士が待っている。

「来たわね」

尹博士の落ち着いた様子からすると、急患ではないらしい。尹博士は黙って駐車場の間にある小さな公園に父を導いた。自動販売機のコーヒーを飲んでしばらくしても、尹博士はなかなか口を開こうとしない。

「何をじらしてるんだ？　いい年をして俺を誘惑したいわけでもあるまいし、事故でもなさそうだし」

「奥さんの検査結果が出たわ」

「それで？」

父は何げなく聞き返した。電話で伝えてくれてもいいのに、なぜわざわざ病院まで呼び出したりするのか。

「悪性腫瘍よ」

父は後頭部を殴られたように、ぼんやりと尹博士を見た。尹博士はそんな父から目をそらし、読み上げるような淡々とした口調で続けた。

「頻尿があると言ってたのは、腫瘍のせいだったの。腫瘍が子宮の上で大きくなって膀胱《ぼうこう》を押さえつけていたのね。内診でもわかるぐらい大きかったし、パップスミア（子宮頚《けい》部細胞検査）や超音波でも組織が見えた」

「いったい何のことだ？」

父の声は震えていた。

「他の臓器にも組織が見えたわ」

尹博士はできる限り感情を殺し、医師としての冷静さを失うまいと努めていた。

「写真はどこだ？」

勢いよく立ち上がって尹博士をにらむ父の顔は痙攣《けいれん》し始めた。父は何も信じたくなかった。それなのに、尹博士の目つきからは、他のいかなる可能性も読み取れなかった。父は耐えられないほどの焦燥を感じ、恨めしくすらあった。

「おまえの部屋か？」

尹博士は沈鬱な表情で、父を見つめるばかりだった。

「鍵を貸せ」

父の手は震えていた。

「よこせよ」

父は、自分の目で確認しなければ信じられないと思った。

尹博士の診察室に行く途中、父は彼女の誤診であることを願っていた。

「そんなこともあるさ。どんな医者でも、一度ぐらい大きな失敗をする。医者だって人間だ。畜生！」

父は、おまじないでも唱えるように、状況が変わることを願っていたが、心臓はそんな気持ちとは裏腹に高鳴っていた。

診察室のシャウカステン（Schaukasten、レントゲンフィルムなどを読影するために固定し内蔵された光源で照らす装置）には、妻の体の奥深くを写した写真がぎっしりと並んでいた。それを見た瞬間、父は落胆した。花のように開いて妻の子宮全体に広がっているガン細胞。父はその忌まわしい細胞を、一つ一つ何度ものぞきこんだ。毎日顔を合わせている妻の体内に、そんな不吉なものが広がっていたとは。

「あの上のほうから始まってるわ。だから自覚症状が遅かったのね」

目を赤くした父は、茫然としてシャウカステンから目をそむけた。そのまがまがしいものを、それ以上見てはいられなかった。父は荒い呼吸をしながら椅子に崩れ落ちた。まるで、鋭い鉄の破片で胸をえぐられたようだ。

よろめきながら病院を出た父は、飲み屋に向かった。心配してついてきた尹博士には目もくれず、続けざまに酒をあおった。まっすぐ立っていられないほど飲んだのに、頭はむしろはっきりしてきた。

「飲んでる場合じゃないでしょ」

ウイスキーを一本開けた父がさらに酒を注文すると、見かねた尹博士が口を開いた。

「じゃあ、どうしろってんだ？」

母に対する自責の念と自分に対する怒りで、父の目は赤く濡れていた。尹博士は、困った顔でため息ばかりついていた。

「どうすればいい？　言ってみろよ」

父は無気力な自分に腹を立てていた。

「奥さんのところに帰るのよ」

「帰って、どうする？」

父は、あふれてくる涙を抑えられず、大声を上げた。

「帰って……。帰って、何をする？　ガンだらけの女と、一緒に泣けってか？」

「……」

「痛いと言ってた。なのに俺は、近所の薬局で薬でも買ってのめと言った。医者のくせに、女房にそんなこと言ったんだぞ。今さら、おまえはガンだ、そんなこと言えるか？」

涙が父の頬をつたって流れた。唇を噛みしめていた父が、言葉を継いだ。

「俺を誰だと思ってる？　医療事故で患者を殺して、自分の病院を手放してしまった人間だ。この年でしがない勤務医をしているのが恥ずかしくて、女房が病気だというのに、病院に来るなと言った男なんだ。そんな人でなしの男が……家に帰って、何が言える？」

尹博士はそんな父を、ただ痛ましげに見ていた。父は高ぶる感情を抑えられず、立ち上がって泣きわめいた。

「帰って、おまえは死ぬんだ、安らかに死ね、とでも言うのか？」

「丁《チョン》先輩！」

「俺にはできん。できない」

父は飲み屋を出て、誰もいない通りを歩き始めた。しきりに脚が震えた。酔ったせいだけではなかった。何もしてやらなかった、そして今も何もしてやれない自分自身に対する自虐の念は、すぐに恐怖と虚脱感に、また憤りに変わり、父自身を果てしない絶望に陥れていた。

よろめきながら歩いていた父は、街路樹にもたれたかと思うと、力なく座りこんでしまった。ぼんやり空を眺めている父の顔は、あふれる涙と鼻水でぐしゃぐしゃだった。

父は道に迷った子どものように途方に暮れて、そうして木にもたれて泣いていた。

*

「すまない。本当につらかったんだ」

車で家に向かうヨンスの心は、幸せに満ちあふれていた。ハンズフリーから聞こえてくるヨンソクの優しい声が、ヨンスの顔を再び明るい笑顔にした。

「もう言わないで。わかったから。そこにこだわって何回も弁明されるのはいやだわ。ほかに言いたいことはないの？」

「愛してる。会いたい」

別れて一時間もしないのに会いたいというヨンソクの言葉に、ヨンスは幸福感でいっぱいだった。彼との恋は地獄を出入りするように苦しいけれど、今この瞬間に感じている胸の高鳴りと充足感は、そのすべてを補って余りあるものだった。だから別れられない。

道はいつしか、トンネルの入り口に差しかかっていた。ヨンスは焦った。

「そろそろトンネルに入るから、電話が切れるわ。奥さん、オーストラリアに行ってるんでしょ？　帰ってから電話する」

「わかった。必ず電話しろよ」

ヨンスが答える前に、車はトンネルに入った。ヨンスはゆっくりと携帯電話を切ると、長い息を吐いた。彼の奥さんが双子を連れてオーストラリアにいる両親のところに行っている間、ヨンソクはまるごとヨンスのものになるはずだ。

「それで満足しなきゃ。これ以上、高望みはできない」

ヨンスは自分に言い聞かせるようにつぶやいた。

欲張ってはならない、欲を出した瞬間に別れなければならない恋だということを知っているから、不完全な恋でも満足しようと、心に決めた。


家の近くの小さな道に入ろうとしたとき、キスをしている若い恋人たちが目に入ってきた。邪魔したくないので目をそらそうとした瞬間、ヨンスはその男が弟のチョンスであることがわかり、うれしくなって警笛を鳴らしてしまった。

その音で、チョンスのガールフレンドが決まり悪そうに顔を伏せた。

「知らないふりをしたほうがよかったかな？　ごめん」

ヨンスは、こみ上げる笑いをやっとのことで抑えつつ、車から降りた。

よっぽど飲んだらしく、チョンスはまっすぐ立っていられないほどふらついて、塀《へい》にもたれたまま地面ばかり見ていた。ヨンスはなじるように言った。

「あんた一体何してるの？　こんなに酔っ払って」

ようやくヨンスを認めたチョンスは、怒りに満ちた顔でつぶやいた。

「ほっといてくれよ」

ヨンスは、どうしていいかわからずに突っ立っている女の子に、笑顔を向けた。

「チョンスのお友達ね。初対面なのに失礼しちゃったわね」

「い、いいえ」

チョンスのガールフレンドは、ちょっと見にもまじめでおとなしそうな雰囲気だった。ヨンスは、弟がいつの間にこんなに成長したのかと驚く一方で、微笑ましい恋愛だと思い、さわやかな笑顔を見せた。

「ともかくもう遅いから、あたしが家まで送ってあげる」

チョンスは、自分が送っていくと言い張ったけれども、ヨンスは酔ったチョンスも車に乗せて再び路地を出た。

＊１【頼母子講】原語では契《ケ》。元来は相互扶助のための組織として古くから存在したが、現代韓国においては銀行に預金するより高い利潤が得られる私設金融機関のようなものとして行われている。多数の人が金品を出し合って運用し、順番に掛け金を受け取る仕組み

＊２【一山】ソウルの近郊にある京畿道《キョンギド》高陽《コヤン》市に開発されたニュータウン

＊３【義妹】（女性から見て）兄や弟の妻のことを「オルケ」と言い、呼びかけるときにも使う

＊４【タルドンネ】月の町という意味の言葉で、都市郊外の山に無許可住宅が集まってできた貧民街のこと

2章

「柿を食べましょう」

母は熟柿の入った籠を持ち、歌うように話しかけながら祖母の前に座った。喜んだ祖母は、よだれかけを掛けてもらいやすいように首を伸ばしておとなしく待っている。まるで素直な赤ん坊のようだ。

「お母さん、いい子だね。皮をむいてあげるからね」

母がにっこり笑って熟柿の皮をむき、祖母の口に入れてあげると、祖母もおいしそうに食べた。そんな祖母が、母にはまるで子どものように愛らしい。

「ああら、かわいい」

母は熟柿を祖母の手に持たせると、掃除を始めた。一日中家を空けていたので、家族が帰ってくるまでに雑巾がけだけでも済ませておくつもりだった。

ところが突然、母の背に熟柿がぶつかってつぶれた。

「この馬鹿、姑に犬の糞《ふん》を食わせるのか？　おまえが食いな」

「何よ、もう」

背中に流れ落ちる熟柿を見て、母は泣き顔になった。

「あたしが何も知らないと思って」

「何がどうしたって言うの？」

ついさっき、柿をむきながら遊んでやっているときには、甘えん坊の子どもみたいに機嫌よく食べていた祖母が、わずかの間にまたむら気を起こしたのだ。

「まあ、もったいない」

「臭い糞を……。この女！」

憤りを抑えられないとでもいうように、目に涙までためた祖母は、再び籠から熟柿を取ると、母をめがけて投げつけた。熟柿が母の額に当たり、胸に流れ落ちた。

「いったい、どうしたっていうの。もったいないわ」

母は額を手でぬぐうと、床に落ちた熟柿を拾って食べだした。

「汚いやつ、そんなのがうまいか？」

祖母が舌打ちする。

「ええ、おいしいわよ！」

母も怒ったように大きな声を出した。母は、祖母に癇癪《かんしゃく》を起こされたり罵《のの》られたりすることよりも、高価な熟柿を無駄にしてしまうことのほうがつらかった。

「犬の糞を食うのか？　このマヌケ女！」

祖母は罵倒しながら、熟柿の籠を持ってリビングルームに行った。籠から熟柿を出そうとする祖母を止めようと、母も小走りに後を追った。

「遅いから近所迷惑よ。やめて！」

母の白いブラウスに赤くどろどろした果肉がくっつき、流れ落ちていた。

「貸しなさい。年寄りのくせに、力が強いこと」

母は柿の籠を奪おうとしたが、いきりたった祖母の力にはかなわない。

「犬の糞だ！」

祖母は熟柿の籠を持って逃げ回りながら、野球のボールを投げるように母めがけて熟柿を投げた。母はもう、服だけでなく頭や顔までどろどろだった。

「渡しなさい。家がめちゃめちゃだわ」

母は片手に雑巾を持ったまま、籠を奪おうと祖母を追いかけた。祖母は、母が必死になるほど面白いのか、逃げながらうれしそうに熟柿を投げた。

「犬の糞だよ、犬の糞！」

祖母は熟柿を投げ続けた。

そのとき、玄関のドアが開き、酔っぱらって帰ってきた父の上着に、熟柿がまっすぐ飛んできた。父の胸元から、赤い果肉がだらだらと流れ落ちた。それを払い落した父の目が、その瞬間、血走った。

「どうして、この人をいじめるんだ？　この老いぼれ。言ってみろ、いったい何が気に入らない？　何が？」

父は祖母が持っていた籠を、有無を言わさず奪い取って放り出すと、大声を出した。その姿に恐れをなした祖母は、後ずさりした。だが、もっと驚いたのは母のほうだ。

母はおびえた祖母をかばうようにその前に立つと、目を大きく見開いた。

「何てことするの！」

父はそんな母におかまいなく、祖母を責め続けた。

「言えよ。この人が母さんに、どんな悪いことしたのか、言ってみろよ！」

父がいつになく怒りをあらわにして怒鳴るので、祖母はいっそう意識が混濁したように、ふらふらした。

「おじさん、あたしが悪かったよ」

祖母が手を合わせて謝るようなそぶりをした。そんな祖母を支えて部屋に連れて行きながら、母は恨めしい目つきで父をにらんだ。

「呆《ぼ》けた年寄りに何をするのよ。酔っ払ったのなら、おとなしく寝りゃいいでしょ」

母は、震えている祖母を寝かせた。

「おじさん、ごめんなさい。もう、しません」

祖母はまだ恐怖が消えないらしく、しきりにドアの外に目をやっていた。よほどショックだったようだ。

「いくら酔ってるとはいえ、ひどいわ。神経過敏で病気になった人を、あんなに責めたててどうするのよ」

母は気の毒そうに祖母を見ると、布団の裾をそうっとたたいてやった。

そのとき、リビングからまたひとしきり騒ぐ声が聞こえてきた。

「おまえたちは、何だってそんなに毎日毎日、帰りが遅いんだ？」

ヨンスとチョンスが帰ってきたらしい。

「お父さんは今日、どうしたんだろう？　病院で何かあったのかしら？」

母は、静かだった家に突如としていろんな騒ぎが起こるので、まったく気が気でなかった。

「おい、父親がしゃべってるのに、背中を向けるのか？」

「放せよ」

尋常ならぬ雰囲気に、母はあわてて祖母の部屋を出た。チョンスが父の手を振り払うや、父がチョンスの頬をひっぱたいた。

「あなた！」

「お父さん！」

驚いた母とヨンスが、同時に駆けつけて父を止めた。ヨンスは父の強圧的な態度が気に入らない。

チョンスはチョンスで憤り、父は父で怒りが鎮まらず、震えながら互いににらみ合っていた。いつになくとげとげしい父を見て、母は泣きそうになった。

「気でも違ったの？　どうしたのよ、今日に限って」

母の言うことには返答もせずに息子をにらんでいた父が、大声で言い放った。

「おまえ、まだ大学に入ってないんだぞ。入試が終わったばかりの子どもが一日中ほっつき歩いて、それでも足りずに酒まで食らうのか」

「やめてよ。この子も今まで勉強で苦労したんだから。あなたこそ、さっさと寝なさいよ」

父は、間に入った母の手を乱暴に振りほどき、絶叫するように怒鳴った。

「どけ！　俺に説教するつもりか。自分の体ひとつ管理できないで、いつ死ぬかもしれないくせに。馬鹿野郎！」

父はその瞬間、ハッとした。いくら酔っ払っているとはいえ、言ってはならないことだった。だが、一度言ってしまった言葉は、取り戻せない。

母はただ唖然として、父の顔を見つめていた。

＊

普段なら、朝は出かける支度であわただしいはずの家の中が、今朝は昨夜の騒動のおかげで重く沈んでいた。

出勤の準備を終えた父は、沈鬱《ちんうつ》な表情で祖母の部屋に入った。祖母は布団を半分だけ掛け、体を縮めて赤ん坊のように眠っていた。気も確かではない祖母は、どんなにショックだったろう。

不安そうに眠っている祖母を見た父は、申し訳なくて鼻の奥がじんとした。酒の上でのこととはいえ、八十にもなる老母をどやしつけてしまったことで、父は一晩中眠れなかった。

「母さん、僕だよ。夕べは驚いただろう？」

布団を掛けてやろうと父が手を伸ばすと、祖母はびくっと体をすくめた。若くして夫に死なれ、世の荒波に一人で立ち向かいつつ、息子を育てるためにさまざまな苦労をしてきた母である。そんな状況だったから、他人の目にはきつく気難しい性格に映ったかもしれないが、たった一人の息子のために精いっぱいのことをしてくれた。そんな母に、優しい言葉をかけたことが、一度だってあっただろうか。

考えてみれば母は、息子と嫁によって、今までつらく寂しかった人生の埋め合わせをしたかったのかもしれない。そんなゆがんだ生き方をする母が、息子である自分とよく似ていることを、父は改めて噛みしめていた。

幼いときから、片親育ちということが、深い劣等感となっていた。そのことが、母親や世間から重荷を背負わされているかのように、彼を抑圧していたのは事実である。父親のいない寂しさを克服するために誰よりも立派な人間になりたかったし、一日も早くみじめな環境から抜け出そうと、あがきながら生きてきた日々。

父は、追い立てられるように前だけを見て走ってきた自分の人生を、すべて否定してしまいたかった。はかない夢のような歳月の果てに残されたものが、ガンに侵された妻と認知症の母であるということを、信じたくなかった。何より、その現実が、まるで間違った人生の結果であることを証明するかのように、何もできないでいる自分に腹を立てていた。

母は、昨夜父にほっぺたを殴られて自分の部屋に入り、ドアに鍵をかけたチョンスが気がかりで、二階に上がっていった。まだ布団の中でくよくよしていたらどうしようと思ったが、幸いチョンスは浴室で顔を洗っていた。

「チョンス、痛かったでしょう？」

「……」

「お母さんにまで口をきかないつもり？　言いたいことがあれば、言いなさい」

浴室の敷居のあたりに座りこんで話しかけても、チョンスは固く閉ざした口を開こうとはしなかった。父親に頬をたたかれて、すっかり心を閉ざしてしまったらしい。

洗顔を終えたチョンスは母親にタオルを渡されると、仕方なく言った。

「もういいよ」

母はようやく立ち上がって、にっこりした。

「ほんと？　お父さん、きっと外で何かいやなことがあったのよ。そう思えばいいわ。痛かった？」

母は、チョンスが父親を恨んだりしたら困ると心配しながらも、友達をなだめるようにいたずらっぽく話した。

「どいて。出るから」

口ではもういいと言いつつも、母を冷たく押しのけて出ていくチョンスの顔は、相変わらず凍りついていた。母はそんな息子を不安な気持ちで見ていたが、やがて朝食の支度をするため一階に下りていった。

そのとき、父が祖母の部屋のドアを閉めてリビングに出てきた。

「後で心配するぐらいなら、何であんなことするのよ。お義母さん、昨夜あんまり驚いたから、普段は早起きなのに今朝は起きてこないわ。いい年して、何であんなことを。酔っ払うし、子どもはたたくし、呆けた年寄りを狂ったように叱りつけるし。今日はヨンスが先に出かけたから、タクシーで行ってちょうだい」

父は母の小言を聞いているのかいないのか、リビングを横切って玄関に向かいながら、関係のないことを言う。

「今日の午後、張《チャン》先生の病院に行けよ」

「何しに？」

父は靴を履きながら、さりげなく答えた。

「もう一つ二つ、検査がある」

「昨日全部やったじゃない。総合病院にまで行って検査する必要があるの？　たかだか頻尿ぐらいのことで。薬でもくれたらいいでしょ。とにかく医者というのは、やたら検査ばかりしたがるんだから」

「おまえに何がわかる」

父がむっとして顔をしかめた。その剣幕に、母の口調が和らいだ。

「怒ることはないでしょ。今日、私、一山《イルサン》に行くのよ。お金を払わないと工事が進まないし、寒くなる前に引っ越しできないでしょう。この家はすきま風が入って、おばあちゃんは冬になるといつも咳きこむわ」

母は、次の言葉を言う前に、父の顔色をうかがった。

「クンドクのところにも、ちょっと寄りたいし」

自分の体がどうなっているかも知らずに、人の心配までしている母がじれったいのか、家を出ようとしていた父が、また怒った。

「つべこべ言わずに行くんだ」

「行かなくてもいいのに」

「おまえは医者か！」

父は怒鳴りつけると、怖い顔で中庭に出てしまった。

「わかったわ。行きますよ。そんなに怒らなくても……」

母は、昨日から何の理由もなく家族に八つ当たりする父が、憎らしかった。音を立てて門が閉められ、父が出てゆくと、腹いせでもするようにその後ろ姿をにらみつけた。

「怒鳴りさえすれば怖がると思ってるのか。さっさと行っちまえ、じじい！」

独り言でもそんなことをつぶやけば、胸がすっきりした。昨夜は、酔っぱらって家中をひっかき回した夫が癪《しゃく》にさわるうえ、いろいろなことが思い浮かんで、なかなか寝つけなかった。

昨日、電話から聞こえてきた義妹の悲鳴が気になって仕方がない。たった一人の弟であるクンドクが何かにつけて問題を起こすので、母は寝ていても胸がつかえているようだった。

先だっても訪ねてきて「何とかして腰を据えて働いてみるつもりだ」と言うので、ちょっとは安心していたのに、悪い癖は直らないらしく、結局は元に戻ってしまったらしい。中古車を買いたいと言うので、やっとのことで五百万ウォン握らせてやったのに、十日もしないうちに使い果たしてしまったようだ。

穴の空いた甕《かめ》に水を注ぐのにも、限度がある。これまで、何かにつけ金をせがまれてきた。総額は、いったいどれくらいになるのだろう。生活費を切り詰めて貯めた金を渡してやっても、何日もしないうちに賭け事や酒代でなくしてしまい、今では、義兄である夫からも疎まれている。夫が個人病院を設立して順調にいっていた頃は、こっそりへそくりもできたが、月給取りになってからは、わずかな金を分けてやるのも難しくなってしまった。

今日は一山に建築中の家にも行かねばならないし、出かけついでに弟の家に寄ってみようと思っていたのに、何の検査をしろというのか。昨日の午後、夫の病院で長い時間検査を受けてくたびれていたから、母は出かける前から気が沈んだ。さっさと薬でもくれればいいのに、頻尿はますますひどくなり、昨日今日は一度もまともに小便が出ない。

「どうしてこの頃はこんなに心配事が多いんだろう」

母は思わずため息を漏らした。

*

母は食料品がいっぱい入った袋を持って*1奉天洞《ポンチョンドン》の坂道を喘《あえ》ぎながら上っていた。十一月なのに、額には大粒の汗をかいていた。息を切らして少しの間休みながら、母は急な坂道を見下ろした。屋台を引きながら一日に何度もこの坂道を上り下りする義妹を思うと、胸が締めつけられるようだった。

スレート葺《ぶ》きの屋根の古い家。母は小さな鉄の門を開けて中庭に入った。昨日の騒ぎを物語るように、水道の蛇口のまわりには割れた練炭、へこんだ洋銀の器、傷んだ野菜や酒のつまみなどが散乱している。

「ごめんください」

母は、また胸をどきどきさせながら、そうっと義妹を呼んだ。

「どなた？」

頭にシャンプーの泡をいっぱいつけたクンドクの妻が、台所から飛び出してきた。

「まあ、お義姉《ねえ》さん！　どうしたの？」

クンドクの妻はあわてて頭を洗い流すと、散らかり放題の水道まわりや部屋を片付けようと、あわただしく動き回った。母はその間、板の間の隅に座って、落ち着かないように家の中を見回していた。

「昨日は屋台が出せなかっただろうね」

「大丈夫、今日は店を出せるし。あの人も、お金はあまり持っていかなかったから、どうせすぐ帰ってくるよ。まったく博打ってやつは……。お義姉さんにこんなところを見せたくないいんだけど。ごめんね」

人並みの教育は受けていないが気立ての良い義妹は、決まり悪そうにもじもじしていた。母はそんな義妹を殊勝に思い、同時にまた申し訳なくて、胸が痛んだ。

「あんたが謝ることじゃない。あいつがおかしいんだから」

母はバッグから封筒を出し、義妹に差し出した。

「ほんの少しだけど、ちょっとずつ貯めたの」

「いいのに……」

「取っておきなさい。身内といっても、こんなことしかできなくて」

「今までも、いろいろ助けてもらったのに。あたし、恥ずかしくて顔も上げられない」

申し訳なさそうにしている義妹の手を、母がそっと握った。母は手に力をこめて、言葉よりももっと多くの気持ちを伝えていた。出来の悪い夫を見捨てないでいてくれる義妹に感心しながらも、その苦労を考えると、すまない気持ちでいっぱいになる。母の気持ちを知っているというように、クンドクの妻も、黙って母の手を見下ろしていた。

しばらくすると、義妹が急に顔を上げて言った。

「お義姉さん、お昼にしようか？」

突然、空腹を感じたらしい。時計を見ると、昼食時間を少し過ぎている。

「あんた食べなさい。私はいいから」

「どうして？　一緒に食べようよ」

昼食を準備すると言い張るのを、病院に行くのに空腹でいなければならないからと遠慮すると、クンドクの妻は真鍮《しんちゅう》の器にご飯を入れ、コチュジャンを混ぜて板の間に持ってきた。気分がむしゃくしゃして、朝食も食べなかったのだろう。

コチュジャンをたっぷり入れたビビンパをおいしそうに詰めこむ義妹を、母は愛しそうに眺めた。

「この前、ロータリーの喫茶店の女と旅館でいちゃついてたのを、あたしが中に入って、へへへ、女のおっぱいに噛みついてやったんだ。あいつのあれも噛みちぎってやろうかと思ったけど、へへ、まだ使い道があるかもしれないから、やめといた」

母はあっけらかんとした義妹の顔を見て、寂しげに微笑んだ。自分が彼女ぐらいの年頃のときには、夫はソウルやアメリカで勉強していたから、そんなやきもちを焼くことすら、できなかった。

結婚するとすぐに夫が遠くに行ってしまい、姑と二人きりの、孤独でつらい歳月。世に言う「甘い新婚生活」など、母にとっては非現実的な言葉にすぎなかった。甘い夢どころか子どもを育て、家事に追われ、夜もゆっくり休んだ覚えがない。そんなふうに十数年も夫と別々に暮らしていたから、今、思い起こして懐かしむような思い出もない。

昔のことを考えて寂しい笑みを浮かべていた母が、義妹に尋ねた。

「あの子、おとなしくしてた？」

「とんでもない。あたしの髪の毛をひっつかんで、狂ったように地団駄を踏んでたよ。それでも、もうあの喫茶店には行ってないみたい」

母の心中を知ってか知らずか、義妹は他人事のようにあっけらかんと言った。

「博打に行ったのはその後だから、ごく最近ね」

「虎も噂をすればやって来る」ということわざのとおり、そのとき、弟のクンドクが憔悴《しょうすい》した顔で門を蹴とばしながら入ってきた。

「おい、飯だ！」

家に入るやいなや当たり散らすところを見ると、金を一晩のうちに失って頭に来ているらしい。母はため息をついた。クンドクは姉が来ているのに気づくと、いきなりからみだした。

「何しに来た？　医者の奥様が、むさくるしいところに何の用だ？　貧乏人の暮らしを見物に来たか」

クンドクは、八つ当たりするのに格好の相手を見つけたというように、上着を脱ぎ捨てながらいやみを言う。耐えかねた母が、

「どうしてそんな口がきけるの？　仕事の元手にすると言っていたお金で、博打《ばくち》なんかして」と言うと、その言葉で良心の呵責《かしゃく》を感じたのか、クンドクは目をむいて女房をにらみつけた。

「そ、そうじゃなくて」

おびえた義妹が泣き顔になった。クンドクは自棄《やけ》を起こした。

「ああ、博打をやったよ。それがどうした？　車を買ってくれというのに、たかだか五百万ウォンで、今頃恩を着せるのか？　あの金額ではどうにもならないから賭けたんだ。

悪いか？」

クンドクは姉だろうが何だろうが、もうどうでもいいとばかりに、唾を吐きながらつっかかってきた。あわてた妻は、板の間から裸足で下りてきてクンドクを止めた。

「お義姉さんに何てことするの」

「もう来るなだと？　縁を切るだと？　弟がこんなふうに暮らしてて、何とも思わないのか？」

母は、これ以上いても、見たくないものばかり見てしまうので、バッグを持って立ち上がった。クンドクは、しがみつく女房を手荒く突き飛ばすと、そばにあった洋銀のたらいを思いきり蹴飛ばした。

「平気なのか？　夜はぐっすり眠れるのか？」

「ああ、気持ちよく眠れるさ。悪い？」

気分を害した母が怒鳴り返すと、クンドクはいっそう激昂《げきこう》した。

「ああ、せいぜい気持ちよく寝てろ。こん畜生！　ここは俺の家だ、出てけ！　さっさと出て行けったら！」

クンドクは、履いていた靴まで脱いで投げつけながら暴れた。結局、母は追い出されるようにして家を出た。

奉天洞の坂のくねくねとした長い小道を下りながら、泣くまいと思っても涙があふれ出た。たった一人の肉親なのに。母は不人情な弟に泣き、また自分の境遇が情けなくて泣いた。ストレスのせいか、下腹に強い痛みを感じた母は、坂道を下りる途中で何度も座りこんで休まなければならなかった。冷や汗が流れ、悪寒《おかん》がし、目まいが起きた。体のどこかに異常があることに間違いはないらしい。

「今日はすることがたくさんあって、休んでいる暇はないのに……」

＊

父は診察室で患者を診ていても、とうてい仕事が手につかない。

(俺は何をやってるんだ。女房をあんなになるまで放っておいて、それでも医者か……)

こみ上げてくるのは苦笑ばかりだ。とうとう父は、待っていた患者をみんな帰してしまい、ガウンを脱ぎ捨てた。

「丁《チョン》先生は中にいるわね？」

「はい」

外で声がしたかと思うと、尹《ユン》博士がカルテを持って入ってきた。

「張先輩《チャン》に写真を送っておいたわ」

それでなくとも、親友でありガン治療の権威として知られている張博士に診察してもらおうと思っていたくせに、自責の念にかられていた父は、ひねくれたことを言ってしまった。

「誰がそんなことを頼んだ？　なぜ勝手な真似をする」

尹博士を責める気は毛頭ない。自分のことなら何でも助けてくれる人だとわかっていながら、つい怒りをぶつけてしまった。すぐ後悔したが、黙って上着を着た。

尹博士は、父の神経質な反応がじゅうぶん理解できた。いくら冷徹な理性を必要とする医師であっても、いざ自分のこととなると限界がある。父は今、医者ではなく患者の家族として、ひどい混乱に陥っていた。

「検査はやり直す。おまえのカルテは必要ない」

尹博士は、けげんな顔で父を見た。

「俺は自分が勤めていても、この病院は信用できん。この間、おまえも良性の子宮筋腫の患者を悪性と間違えたじゃないか。検査はやり直す。ＭＲＩの機械も初期のものだから、かなり古い。とにかく俺は何も信用しとらんのだ」

父は、室内履きを革靴に履き替えながら過去の失敗を持ち出してケチをつけたが、それは尹博士が自分ですぐに気づいて処理した、ごく小さなミスだった。父もそのことを知らないはずはない。父が誤診であることを願うのと同じくらい、尹博士も、誤診であればいいのにと思っていた。

「俺は帰る」

父は尹博士を残して急いで診察室を出ると、張博士のいる総合病院に向かった。

総合病院のロビーは、午後の診察を受ける患者と付き添いの人たちで混雑していた。父は焦った目で入り口を見つめていた。約束時間をだいぶ過ぎていたのに、母は現れない。ようやく、向こうから速足で歩いて来る母の姿が目に入った。

「遅いぞ」

父は近づいてくる母に、文句を言った。弟のことでむしゃくしゃしていた母は、その小言を素直に聞くことができなかった。

「早く来たって別にいいことはないでしょ」

「行こう」

こんなとき、夫が優しければ愚痴をこぼしたりもできるだろうが、この人はもともと人情を解さない。母は目も合わせずにさっさと歩きだした夫を追いかけながら、その後ろ姿をにらみつけた。

母が血液検査室に入ると、父は張博士の診察室の中をいらいらと歩き回った。見かねた張博士が、父に言った。

「難しいだろうが、客観的になるように努めろ。何だ、その顔は」

しかし父には、その忠告も耳に入らない。

「検査は最初からやってくれ。尹博士の送ってきた写真は無視して」

張博士が何か言おうとしたとき、母が、看護師と共に診察室に入ってきた。

「昨日と今日で、血を一升ぐらい採られちゃうわ」

母が冗談めかしてつぶやいた。

「つらいでしょう?」

張博士が優しい笑顔で受け流した。

「私は薬でももらえたら、それでいいんですけど」

「大事な奥さんだから、あれこれしてあげたいんですよ」

「奥さんはお元気?」

夫同士が親しいので、妻同士もよく知っていた。

「もう年だから、しょっちゅう病気してますねえ」

母が心配そうな顔をすると、張博士はたいしたことはないというように、続けた。

「うちの女房は、もともと薬で生きてきたようなものだし、特にどうってことないですよ」

「検査室は二階か？」

焦っている父が、張博士の言葉を遮った。

「気が短いな」

人の良い張博士は、穏やかに微笑んで母を見た。

「食事は抜いて来ましたね？」

「はい」

「昨日しなかった検査と、昨日検査したけれど、じゅうぶんでないと思われるものをやり直します」

母は張博士の説明を、一つも聞き逃すまいと耳を傾けていた。父は、そんな妻から目をそむけた。

「おしっこは出にくいですか？」

張博士がまた尋ねた。

「そうですね」

「どれくらい？」

「今日はお腹が痛いばかりで、一度も出てません」

父と張博士の顔はいっそう暗くなった。その言葉どおりならば、かなり深刻な状況だ。父は、母がそんなになるまで我慢していたということを信じたくなくて、張博士をせかした。

「さあ、さっさと検査しよう」

母は内視鏡、ＭＲＩ、心電図など、うんざりする検査に入った。

父は張博士と一緒に、回されてきた資料をのぞきこんでいた。張博士が父の顔色をうかがいながら、口を開いた。

「手術はできん」

「なぜ？」

張博士の言葉に、父の目つきがいっそう鋭くなった。

「わかるだろう」

「俺に何がわかるって？　名医のおまえならわかるだろうさ。俺みたいなヤブ医者にゃわからん。俺は、胃炎を胃潰瘍《かいよう》と診断したこともあるし、盲腸を腸炎だと誤診したこともあるんだぞ。俺にはわからん」

父は母の状態をよく理解していたが、自嘲するような気持ちで、何が何でも他の可能性にしがみつこうとしていた。張博士は、そんな友の心を見抜いていたけれど、状況が悪ければ悪いほど冷静さを失ってはならないということも、よく知っていた。

「おまえ、そんなことを言っても何の役にも立たんぞ」

気の毒に思いつつも、張博士の口調は、いくばくかの非難と叱責を含んでいた。父は涙ぐんだ目で張博士をじっと見つめた。それは、あらゆる可能性を退けないでくれという、切実な訴えだった。

「恥ずかしい話だが、俺は一年後には、三十年続けてきた医者を辞める。それを待つまでもなく、俺は今すぐ辞める。俺は今から、医者じゃない。だから、俺に納得できるように、ゆっくり説明してくれ」

「手遅れだ」

簡潔な言葉は、死刑宣告のようなものだった。父はさっと席を立ち、声を張り上げた。

「それが医者の言うことか！　おまえたちは人のことも考えず、『手遅れ』のひと言で済ませるのか？　金を取ろうとあれこれ検査したあげく、手遅れだ、だから帰れ、それでおしまいか？　人の命がかかっているのに、帰れ、で終わるのか、この野郎！」

理性を失った父につられて、張博士も大声を出した。

「手術したってどうにもならん！　リンパ腺は腫れてるし、どこもかしこも駄目だ。うっかり手術したら、よけい広げることになりかねん。あちこちかき回して悪化させるだけだ。落ち着け！」

父の望んでいるのは、そんな答えではなかった。どんなことでも、母のために何かしてやりたい。医者である自分が病気の妻のために何もできないというのは、いっそう腹立たしかった。

「手術してくれ！」

「駄目だ！」

「してくれよ。切って開けてみるまでは、誰も断言はできない。おまえは、どうしてそんなに簡単に片付けるんだ？　亭主が医者だというのに、何もしないで、俺一人を頼って生きてきた女に、おまえはもう助からない、そう言えってのか？　俺にはできん。腹を開けて自分の目で見るまで、俺には言えない。思ったより進行が遅いかもしれないじゃないか。まだ、痛みは出ていないと言ってるし」

藁《わら》をもすがる思いで食い下がったが、張博士は静かに首を横に振った。

「痛みはある。我慢してるだけで、絶対痛いはずだ。それに、手術後はもっとつらくなる。ガン患者は回復が遅いのを、知っているだろう？」

それを知らないわけではなかった。父は今、一千万分の一の可能性でも、すべてを賭けてみたい心情なのだ。しかし張博士はその一千万分の一ほどの可能性すら否定していた。

父は張博士の、恐ろしいほど落ち着いた態度に言葉を失い、黙ったまま再びシャウカステンの電気をつけた。青白い光の上に、腫瘍が姿を現した。父はもう、すべてをあきらめたように力なく口を開いた。

「ああ、俺も医者だ。これが、こんな大きな腫瘍が圧迫している。小便するたびに死ぬほど痛いだろう。一日ごとにひどくなるはずだ。自覚症状があるというのは、死が近いという証拠だ。もうすぐ死ぬだろう」

しばらく口を閉ざし、こみ上げてくる涙をこらえていた父が、フィルムをたたきながら、張博士に頼みこんだ。

「死ぬときは死ぬとしても、これは摘出できる。命を延ばしてくれ。ほんの一週間だけでも。お願いだ」

張博士は友人の最後の期待まで裏切ることはできないと思ったのか、しばらく悩んでいた。

「いいだろう。手術してみよう。あさって三時に予約しておく」

「あさって三時。確かだな？」

父は手術の約束を取りつけると、ようやく張博士の診察室を後にした。

痛かっただろうに、我慢できないほど痛かったに違いないのに。そんなになるまで馬鹿みたいにこらえていた母を思うと、父は胸が張り裂けそうだった。

「家のことは後でいい。病人のくせに、どこに行く？」

「一山《イルサン》に行くわ。家が早くできれば、お義母さんも少しは楽になるし」

一山に行くと言い張る母に、父は腹が立った。自分の体に深刻な病魔が巣食っているのも知らず、新しい家の心配ばかりしている母が気にくわなかった。

「誰が病人よ。私くらいの年頃で、どこも悪くない人なんかいないわ」

母は、父が止めるのも聞かず、一山行きのバスの停留所へ歩いていった。父はあきれるほどのんきな母の手をつかんだ。

「うちに大金を置いといても落ち着かないでしょ。それに、何回言わせるの。お義母さんが冬を楽に過ごせるように、早く引っ越したいの」

父の手を振りほどきながら、母も主張を曲げなかった。父はやっとのことで怒りをこらえつつ、また母の腕を引っ張った。

「帰るんだ」

「それなら、もっと早く心配してくれればよかったのに」

母は再び腕を振り払って、声を上げた。母の言葉が匕首《あいくち》のように父の胸を貫いた。

（もっと早く……手遅れになる前に……）

父は言葉に詰まった。

「子どもを産むときもそばにいなかったくせして。耄碌《もうろく》したの？　さっさと病院に戻りなさいよ。仕事もしないで月給もらうつもり？」

冷たく言い放ってすたすた歩いてゆく母を、父はぼうぜんと見ながらため息をついた。

もはや、どんな恨み事を言われても、言い返す言葉がなかった。それでも明日入院する母を、一人で一山にやることはできない。父はまた追いかけて母の腕をつかんだ。しかし自分の病気の深刻さだけでなく、明日入院して手術を受けなければならないということすら知らない母は、しつこい父が、ただただうっとうしい。

「そんなに心配してくれるなら、クンドクのところにでも行ってみてよ」

母は、病院に行く前の騒ぎを思い出して言った。自分が何を心配しているのか、何をいらいらしているのかも眼中にない父の態度が、急に恨めしく思えてきた。

「そんなに冷たくするもんじゃないわ。私にはたった一人の弟で、あなたにとってもたった一人の義理の弟なのに」

母が出し抜けにクンドクの話を持ち出して自分を責めるので、父は何も言えなくなった。執拗に腕を引っ張る父があきらめるそぶりを見せるや、一山行きのバスに乗りかけていた母が振り返って言った。

「今日はお酒飲んじゃ駄目よ」

バスは、母を乗せて出発した。

父はしばらくその場に立ち尽くして、走り去るバスを眺めていた。

＊

母は完成間近い一山の家を、満足げな笑みをたたえて眺めていた。金《キム》所長に残りの工事代金をすべて支払ったから、急げば寒くなる前に引っ越しできるだろう。母は、家族みんながこの家で冬を暖かく過ごせるという期待に、胸がいっぱいだった。今の家はすき間風が入って冬がつらい。特に、寒さに弱い祖母は冬の間中、風邪をひいていた。

家は、女に夢を与えてくれる場所である。母もまた、この家に素朴な夢を持っていた。来年の春には庭の片隅に花を植え、小さな畑も作るつもりだ。もぎたてのサンチュや唐辛子を使ってバーベキューパーティーを開き、家族と話をしよう。ヨンスの結婚式の前日には、あの門の外で新郎の友人たちが「*2函《ハム》を買ってください！」と叫ぶだろうし、何年かすればヨンスやチョンスの子どもたちが、この庭できゃっきゃと声を上げて遊ぶはずだ。

母は満ち足りた気分で「ああ、うれしい」という言葉を連発しながら、庭のあちこちを眺め渡した。部屋やキッチンも入ってみたかったが、金所長が鍵を持ってきていないので、家の周囲だけを見ていた。家の中に入れないまま帰るのは残念だが、もう帰らなければならない。奉天洞《ポンチョンドン》に寄ったり病院で検査を受けたりして家を長時間空けていたので、心配だった。

母は祖母の様子を聞こうと、家に電話をした。

「もしもし？　一山に来て、だいぶ遅くなっちゃったわ」

「おばあさんは一日中寝てらして、やっと起きたところです」

ヘルパーの言葉を聞いて、母は胸をなで下ろした。

「よかった。外にいても、おばあさんが気になって」

そのとき、電話の向こうで祖母が大声を上げているのが聞こえた。目を覚ました祖母が、母を探しているようだ。

「きゃあ！」

悲鳴を上げるヘルパーの声がした。母は顔色を変えた。

「泥棒！」

続いて、姑の叫び声がはっきりと聞こえてきた。

「もしもし？」

母は急に不安になった。ヘルパーを呼んでも、聞こえてくるのは姑の大きな声ばかりだった。

「おまえは泥棒だろう。あたしが必ず警察に突き出してやる。刑務所に入れてやる。手錠をかけてやるんだ」

「きゃ、その棒をどうにかしてよ」

「もしもし？　もしもし？」

呼んでみても、祖母の叫び声とヘルパーの悲鳴が間欠的に聞こえるだけだ。

焦りだした母を見た金所長が、家まで送ると言って車のほうに案内した。母は、恥ずかしいと思う余裕もないまま車に乗り、金所長をせかした。

「早く出してください」

母は走っている車の中で足を踏み鳴らしていた。何事もなければいいけど。朝、家を出るときからずっと気にかかってはいたが、ついに事件が起きてしまった。母は家に帰るまでずっと、気が気でなかった。

「お義母さん、ただいま」

息を切らして家の中に駆けこんできた母は、祖母を探した。めちゃめちゃになったリビングで、祖母が炊飯器を抱きかかえたまま、浴室をにらみつけている。

昼寝から覚めた祖母は、キッチンでご飯をよそっているヘルパーを泥棒だと思い、棒でたたいたらしい。ヘルパーは、母が来るまで一時間近くも浴室に閉じこめられていた。

「お義母さん、もう大丈夫だからね」

母は、祖母の怯《おび》えた顔を優しくなでてやった。

「どこ行ってたの？」

祖母は、涙のたまった目で母を見上げた。母親を待っていた幼児の目だ。母はそんな祖母に、明るく笑って見せた。

「家を見てきたのよ」

それを聞いた祖母は、口のまわりにキムチの汁や飯粒をいっぱいくっつけたまま、にっこりした。

祖母を落ち着かせてから、母は浴室に行ってヘルパーを救出した。ふてくされた顔で出てくるヘルパーを見て、母はとても申し訳なく思った。

「本当にすみません。大変だったでしょう？」

「……」

祖母はいつの間にやらヘルパーの存在すら忘れてしまい、母につきまとって甘えた。母はそんな祖母が哀れで、わがままを聞いてやりながら、ようやくほっとした。

*

母が一山行きのバスに乗った後、父は意味もなく街をうろつき、帰宅途中の尹博士をつかまえて義弟の妻がやっている屋台に向かった。

ちょうど夕食時で屋台には客が多かった。クンドクの妻は一人でサンマを焼いたり麺をゆでたりして忙しく立ち働いていたが、尹博士の後について屋台に入った父に気づくと、当惑した様子だった。

父は屋台の片隅に陣取って尹博士と飲みながら、屋台が暇になるのを待った。押し寄せた客が帰り始めてクンドクの妻に少し余裕ができると、父が口を開いた。

「あんたに頼みがある」

「あたしなんかに、何を？」

突然現れた父にまごついたクンドクの妻は、作り笑いをしながら言葉を濁した。

「うちのやつが手術を受けるから、付き添いに来てくれませんか。潔癖症だから、知らない人が付き添うのは、いやがると思うんだ」

父が手術の話をすると、尹博士は驚いて父を見た。父はその視線を黙殺したまま空の盃に酒を満たすと、一気に飲み干した。

手術の話に驚いたのはクンドクの妻も同じだった。彼女はあわてて立ち上がって尋ねた。

「お義姉さん、どこが悪いの？　昼間会ったときには、何ともなかったのに……」

父が黙っていると、クンドクの妻は聞かれもしないことを、いちいち告白しだした。母に金をもらったことが気にかかっているらしい。

「あの、つまり、今日のお昼にキムチや塩辛を……」

「聞きました」

「あら、そう。ほんとに、塩辛を持ってきてくれただけよ」

回らない頭で一所懸命言い訳する姿に、父は苦笑いを浮かべた。妻が時折、貧しい義弟の家に金を持っていっているということぐらいは気づいていた。最後まで知らないふりができなくて、一度妻にいやみを言って以来、妻も義弟の妻も、内緒にしようとしているようだった。

いつまであんなヤクザな弟の面倒をみるつもりだと妻を責め立てたことが、今さらながら悔やまれた。過ぎたこととはいえ、気の弱い妻がどう感じただろうかと考えると、自分は浅はかだったような気がする。

「ところで、何の病気？」

クンドクの妻が心配そうに聞いた。

「……」

「この頃、頻尿に悩んでいると言ってたけど、膀胱《ぼうこう》？」

「そう。膀胱がひどく悪いんだ」

父がそう言うと、尹博士がさっと席を立った。

「先輩、ちょっとあっちで話をしましょう」

父は、彼女が何を言おうとしているのかわかった。手術に期待をかけるのは愚かだと言いたかったのだ。父は尹博士の腕をそっとつかんで座らせると、クンドクの妻に念を押した。

「来てくれるね？　明日、入院しないといけないんだけど」

「もちろん行くわ」

クンドクの妻は快く承諾した。そして気持ちが焦るのか、もうエプロンを外し始めた。

「じゃ、今すぐ屋台を片付けなきゃ」

「旦那には相談しなくていいのかい？」

父が言うと、クンドクの妻は引きつった笑顔を見せた。

「当分帰らないと思うの。通帳の入った胴巻きごと持って出ていったから、ひと月ぐらいは帰ってこないわ」

「相変わらずなんだね。悪いやつだ」

父はいらいらして酒をあおった。出来の悪い弟のために、母がさぞかし気苦労をしただろうと思ったのだ。

「いいえ、そんなに悪い人でもないのよ。あたしみたいな、子どもの産めない女と暮らしてくれるだけでもありがたいわ」

クンドクの妻はかぶりを振って、夫をかばった。少々おしゃべりは過ぎるが、この女には、いつも人の気持ちを楽にしてくれる美徳があった。それは彼女の長所でもあり、また欠点でもある、無垢《むく》な純真さに由来する安らぎであろう。

「じゃあ、今、家に行ってきますか？　荷物をまとめて、旦那にメモを残して。ここは俺が見ているから」

「そうしてもらえる？」

父は、急いで出てゆくクンドクの妻を見送りながら、黙って酒を飲んだ。

クンドクの妻の帰りを待ちながら尹博士と酒を酌み交わしていた父は、かなり大量の酒を飲んだ。

「本人がつらくないかしら？」

言いたいことがいっぱいある尹博士が、言いづらそうに口を開いた。父はうなずいて杯を口に運ぶ。

「仕方ないさ。おまえも助けてくれ」

「……」

「やれるだけのことはやってみなきゃ。でないと俺の気持ちが済まない」

「ええ」

「男なんて駄目なもんだな」

唐突な言葉に、尹博士が耳を傾けた。

「考えてもみろ。男なんて、何の役にも立たない。若くて働いているときはまだ使い道があるだろうが、年食ったら粗大ゴミだ。自分の健康管理もできないし、まったく何もできない。飯を炊くことも、洗濯も、子育ても」

父は、自嘲交じりに冗談めかして吐露した。

「女房が死ぬのが悲しいわけじゃないが、ちょっと惜しい気はするんだよな」

「……」

「俺は、今度生まれ変わったら女になって、味噌やキムチの作り方も覚えるぞ。女房の作る飯以外は、食べる気もしない。俺もすぐ飢え死にするさ」

冗談のように言いながらも、父の声はいつしか震えだしていた。尹博士は焼酎の杯をいじりながら、父のひと言ひと言を聞いていた。

「おまえもよく、うちの味噌やコチュジャンを持って帰ってたよな？」

「そうね」

「もう、あの味噌は食べられなくなるぞ。気の毒だが」

＊1【奉天洞】ソウル市冠岳区《クァナク》にある地域。「洞」は地方行政区域の末端機構で、日本の町や村のようなもの

＊2【函《ハム》】韓国には、結婚前に新郎が「ハム」と呼ばれる箱に贈り物や書状を入れて新婦の家に贈る風習がある。ハムは新郎の友人たちが新婦の家の前まで運んできて「ハムを買ってください！」と大声で叫び、新婦の両親からご祝儀をもらう

3章

帰り支度をしながらヨンスは浮き浮きとしていた。ヨンソクと二人きりで夕食の約束をしていたのだ。そのとき、インチョルが作業服のまま、ヨンスに近づいてきた。

「晩飯でもどうだ？」

インチョルは、何か言いたいことがあるようだった。

「約束があるの」

インチョルが何を言おうとしているのか、ヨンスには想像がついた。ヨンソクとのデートがなかったとしても、ヨンスはそれを聞きたくなかった。

「車《チャ》部長か？」

ヨンスは答えなかった。インチョルの視線にはヨンスへの非難もこもっていたが、ヨンスが傷つくことを気遣う気持ちのほうが深かったし、ヨンスもインチョルのそんな気持ちを知っていた。しかし傷つくとわかっていながら、なぜ火の中に飛びこむのかというインチョルの忠告を、今この瞬間だけは聞きたくない。ヨンスはもう、火に向かって飛びこむ蛾になっても、後悔はしないだろう。それが自分の愛であると、信じていたから。

インチョルは、駐車場までついて来て追及した。

「今度は責任を持つって？」

「責任取ってほしいなんて、思わない」

ヨンスは淡々と答えた。

「愛は責任だ」

「それは先輩の考えでしょう。あたしたちは違うの」

ヨンスは、ヨンソクとの愛を特別なものだと思いたかった。ただ、他人と少し違った、特別な愛であると。違っているからといって、愛でないとは言えないではないか。

インチョルは、そんなことは認められないというように責め続けた。

「愛は責任だ。少なくとも責任を持とうとする努力だ。それが愛なんだ。責任のない愛は、軽くて春風にも飛ばされてしまう。おまえは風のように消えてしまうぞ、跡形もなく。きっとそうなる。そしてあの人は、責任のある家庭に帰るんだ」

「消えたってかまわない。思い出が残るもの」

ヨンスは、戻ってきたヨンソクに気持ちが傾いた瞬間から、すべてを覚悟していた。

「いいか、よく聞け。車部長にとって、おまえは思い出にすらならない。ただ、通りがかり、すれ違っただけ、何でもない、そんな存在だ」

インチョルの言葉が、ヨンスの胸に突き刺さった。ヨンスは屈辱と羞恥《しゅうち》に震える唇を、そっと噛んだ。

「あたしたち、そんなに簡単じゃないわ」

ヨンスは、もうこれ以上干渉するなというように、断固として言い放った。インチョルの目が、当惑したように揺れた。

「何か……あったのか？」

インチョルが何を心配しているのか想像がついた。ヨンスは、軽蔑するような目でインチョルをにらんだ。

「何を想像してるのよ？」

「行き着く先がわからない道は、行くもんじゃない。馬鹿だな」

「ごめん。あたし、その行き着く先っていうのに興味がない」

インチョルは、何を言っても動じないヨンスが、もどかしかった。ヨンスは車に乗ってその場を去り、立ち尽くしているインチョルの姿が小さくなってゆくのを、バックミラーで見ていた。

恋に落ちた人間が、その恋愛の行く末に関心を持たないわけがない。ヨンスはただ、それに目をつぶろうとしているだけだった。行く末を見ようとすればするほど不安になるから、いっそ見ないほうがましだと思った。今この瞬間に、感じたり見たりすることのできる恋だけで、ヨンスは幸福だった。それで満足することにした。

ヨンソクとの夕食は和やかで楽しかった。ヨンソクと一緒にいれば、何もかも忘れられた。インチョルとの口げんかで胸の奥を揺さぶった不安も、いつの間にか溶けてなくなり、彼の目、かすかなオーデコロンの香り、優しい手の感触だけが、ヨンスの胸いっぱいに広がっていた。

「すまないな」

ヨンスは、ワインを飲んだヨンソクを車に乗せて、彼のマンションの前まで送った。

「いいのよ」

「ちょっと寄っていくかい？」

シートベルトを外しながら、ヨンソクがさりげなく言った。ヨンスはその言葉をどう解釈していいのかわからず、あいまいな表情を浮かべた。

「俺の住んでるところを見たくない？」

ヨンソクの言葉は、きわめて自然だった。彼がどういうふうに暮らしているのか、もちろん興味はあった。少しためらった後、ヨンスはうなずいた。

ヨンソクの家は洗練された雰囲気で、すべてが完璧と言っていいほど整頓されていた。リビングの飾り棚に置かれた家族写真が、ヨンスに向かって微笑みかけていた。全員が明るく幸せそうに笑っている。ヨンスはその中でも、にっこりと笑みを浮かべてヨンソクに抱かれている妻の幸福そうな表情を、じっと見つめていた。

ヨンスは、揺らぎそうになる気持ちをぐっと抑えた。ヨンソクの傍らに、いつでも妻の存在が影のようにつきまとっているということは、とっくに承知しているではないか。今さら、どうということはないのだ。

しばらくすると、奥の部屋で着替えていたヨンソクが、リビングに出てきた。フードのついた白い木綿のトレーニングウェアを着ていて、普段より幼く見える。少年のような姿に、ヨンスは微笑した。

「よく似合うわ」

ヨンソクは照れたように笑った。

「そう？　すまないが、もうちょっと待っててくれ。汗臭いからシャワーを浴びてくる。冷蔵庫に何かあるはずだから、適当に食べてりゃいい。すぐ終わるよ」

ヨンソクが浴室に入ると、ヨンスはキッチンに行って冷蔵庫のドアを開けたが、その瞬間に何かを見たような気がして、再びドアを閉じた。白い冷蔵庫のドアに、黄色いメモ用紙が貼られていた。


朝食は必ず食べること！

妻の書いたメモだった。きちんとした女らしい筆跡の下に、ピンク色のハートマークまで描かれていた。ヨンスは顔をそむけるように、再び冷蔵庫のドアを開けてジュースの瓶を出した。コップを取りに流し台のほうに行くと、また別のメモがあった。

電気圧力釜の使い方

1. お米を洗い、中指の二つ目の節まで水を注ぐ。
2. ふたをしてコードを差しこむ。
3. 「炊飯」のスイッチを押す。
4. 蒸気が抜けて保温になれば、ご飯が炊けたということ。
5. 面倒だからといって一度にたくさん炊かないで、計量カップに二杯分ずつ炊いてね！（そのくらい炊けば、もう一人くらい一緒に食べられる）

干し鱈《だら》のスープの作り方

1. きれいな水に干し鱈を十分ぐらい浸す。
2. 食用油でさっと炒めてから水を入れて煮るといいが、面倒ならそのまま煮てもよい。
3. スープが煮立ったら醤油をスプーン一杯とネギを入れ、卵を溶き入れる。
4. 化学調味料が体に良くないのは知ってるでしょ？

流し台の引き出しやテーブルのあちらこちら、ガスレンジにまで、いろいろな料理の仕方や器具の使い方が記されたメモが、べたべたと貼られていた。

ヨンスは迷子のように、たくさんのメモの間で途方に暮れていた。あらゆるところで黄色いメモ用紙が、「ここはおまえの来る場所じゃない」と言うように迫ってきた。ヨンスは得体の知れない混乱に陥った。

ようやくリビングのほうに顔を向けてみたが、そこでは彼の妻が写真の中で笑っている。ヨンスはその微笑が、まるで自分に対する嘲笑のような気がした。写真の中の女は、ヨンスにわずかな居場所すら与えようとせず、家の中を完全に掌握していた。

ヨンスは救いを求める心情で、ヨンソクのいる浴室を眺めたが、相変わらずシャワーの音だけが大きく響いている。

「ヨンス、すまないが、引き出しからタオルを出してくれないか？」

ヨンスは力なく歩いて部屋のドアを開けた。きれいに片付いたダブルベッド。枕元に並べて置かれた二つの枕。そこにも伏兵のように潜んでいる、写真の中の女性。ヨンスは、自分が絶対に来てはならないところに来てしまったと、改めて気づかされた。

ヨンスは、あわただしくクローゼットのドアを開けた。中にはスーツがきちんと並んで掛けられており、その下にはアイロンのかかったワイシャツが置かれていた。

タオルを探そうと引き出しを開けてみると、まぶしいほど白い彼の下着や靴下が、手のひらほどの大きさにたたまれてぎっしり入っていた。さっき見たのと同じような片付け方だ。

いちばん下の引き出しに、色とりどりのタオルがきちんと整理されていた。そのうちの一枚を出してクローゼットのドアを閉めようとしたとき、ヨンスはふと内側に視線を移した。毎朝ネクタイを結ばなくてもいいように丸く結び目を作ってあるネクタイが、種類別に七つほど掛けられていた。

枕元にある写真の中で、古い白黒写真の中の母親のように恥ずかしそうに笑っている女性は、家のあちこちに見えない手を伸ばして、ずっとヨンソクの妻の役割を果たしていた。それも、とてもうれしそうに。

（あたしが彼にしてあげられないのは、こういうことなんだ）

朝は夫のためにスープを作り、シャツにアイロンをかけたであろう彼の妻のうれしそうな顔が、あの写真の中にあった。この家が放っている行き届いた生活の匂いは、誰も侵犯することのできない、その女性だけの領域なのだ。ヨンスは写真の女性を見ながら、嫉妬とは違う、もっと複雑で微妙な感情にとらわれていた。

ヨンスはそっと部屋を出た。浴室から軽快な口笛が聞こえる。ヨンスは、浴室のドアの前にそっとタオルを置くと、その家を出た。

帰り道はいつも気が重い。人は、別れたくないから結婚をするという。彼らは、ヨンソクとその妻は、どれくらい愛し合って結婚したのだろう。

愛していると言うとき、プロポーズするとき、ヨンソクはどんな目をして、どれくらい切実に彼女を見ていただろうか。そんなとき、彼女の表情はどうだっただろう。写真の中の微笑のように恥ずかしげな、美しい笑みを浮かべただろうか。彼らは今でも愛し合っているだろうか。

もしヨンソク以外の男の妻だったら、同じ女性としてきっと大好きになったに違いない彼女の上品な笑みを思い浮かべて、ヨンスは力なく自宅のベルを押した。

*

「どうして、誰もかれも言うことを聞かないのかしら。何時だと思ってるの。もっと早く帰れって、何回言ったらわかるのよ！」

門を開けながら、母が小言を言った。昼に祖母が起こした騒ぎで、それでなくとも気が立っているところへ、今日も約束したように全員帰りが遅いので、積もり積もった怒りが爆発したのだ。

ぐでんぐでんになって帰ってきたチョンスは、すでに二階の自分の部屋で眠っており、父はヨンスが帰る直前に、酒臭い息を吐きながら、クンドクの妻を連れて帰ってきた。

「みんな、何でこうなの、ほんとに。呆《ぼ》けたおばあさんを家に置いといて、平気なの？」

母が不平を言うことはめったになかったから、ヨンスはいつもと違う雰囲気を感じ、そっと母の顔色をうかがった。

「ごめんなさい」

ヨンスの言葉が聞こえたのか聞こえていないのか、もう零時近いのに、母は板の間を雑巾でごしごし拭きながら、またつぶやいた。

「みんな、私が死んだって、きっとまばたきひとつしないんだわ」

ちょうど部屋から出てきた父は、雑巾をかけている母を見て胸が痛んだ。

「掃除機はないのか？」

「掃除機じゃ、汚れが落ちないの！」

母は、せっせと雑巾をかけながら言った。

母は、父のせいで腹を立てているのだ。父が酔って義妹まで連れて帰ってきたときから、はらわたが煮えくり返っていた。昼間、クンドクのことも気にかけてくれと言ったからといって、当てつけのようにその女房を連れてくるのだから。クンドク夫婦を別れさせようとでもいうつもりなのか、そうしてクンドクを悔い改めさせようという考えなのか。母は、父のすることが理解できなかった。

父は父で、母が掃除などしているから気が気でない。

「ヨンス、おまえが掃除しろ！」

横に立っていたヨンスは、いつもとは違う父に面食らった。

「よしなさいよ。この子は力が弱いんだから」

母は、娘に当たる夫が憎らしかった。

「ヨンスにやらせろ」

父は怒りを抑えられず、いきなり雑巾を奪い取るとヨンスの前に投げた。

「おまえがやれ！」

ヨンスはむっとして顔をそむけた。どうしてそんなことを言いだすのだろう。理解できないのは、母も同様だった。母は当惑して父を見た。

「どうしたのよ」

「あたしがするわ」

リビングの片隅に立って様子を見ていたクンドクの妻が、走ってきて雑巾を取った。

「おまえ、なぜやらない？　父親の言うことが聞けないのか？」

父はヨンスを責め続けた。

「ほんとに、昨日から何なのよ。あたしも疲れてるんだから」

ヨンスは父が恨めしかった。

「こいつ。疲れるだと？　金を稼いでるから、疲れるっていうのか？　ちょっと稼いでいるから、会社に勤めているからといって、威張るつもりか？　やめちまえ。おまえが勤めなくても食っていける。おまえはいったいどこのお姫様のつもりだ？　女の癖に、何で家のことを手伝わない？　お母さんがおまえの女中か？　おまえには、お母さんが女中に見えるのか？」

「そんなこと言ってないわ」

ヨンスは、言いがかりをつけてくる父にいら立った。

「口答えするのか！」

父はヨンスを殴るように腕を振り上げた。あわてて父の前に立ちはだかった母の目は、悲しみに満ちていた。

「いったい、どうしたっていうの？　疲れて帰ってきた子に。それに、いくらクンドクが憎いと言っても、嫁さんを連れてきてどうするのよ」

「お義姉さん、そうじゃないの」

クンドクの妻が床を拭く手を止め、身を起こした。母は言いかけたついでに、思っていたことをすべて吐き出した。

「お義母さんは、私かあなた以外の人には世話できないんだから、もっと早く帰ってきてくれなきゃ。飲んでばかりいないで」

父はそんな母を、寂しい目で見ていた。

「いい加減にして！　大声出さないでよ！」

ヨンスが、水の入ったコップをたたきつけるようにテーブルに置いて叫んだ。毎晩、家の中をひっかき回す父の無理強いや暴言が、耐えられなかった。それでなくともヨンソクとのことで、疲れきっていた。

「あたしも疲れてるの！」

冷淡に言い放って二階に上がるヨンスに、父が大声を上げた。

「何だと？　おまえがお母さんと同じくらい、大変だとでもいうのか？　今、お母さんがどんな状態なのか、知ってるのか？」

階段を上がりかけたヨンスが、足を止めた。昨日から父は、ずっと訳のわからないことを言っていた。何かあるのかと思わないでもなかったが、母に変わった様子はなかったから、ヨンスは父がまた言いがかりをつけているのだろうと思い、そのまま二階に上がった。

父はそんなヨンスの後ろ姿を眺めて、母を呼び止めた。母は、またかと思いつつ、不満そうに父を見つめている。

「来い。話がある」

「この真夜中に、どこに行くの？」

「おまえの病気がどれくらい悪いのか、説明してやる」

「そんなことで、どうしてわざわざ外に行くのよ？」

母は相変わらずヨンスが心配で、気乗りがしなかった。

「話が長くなる。来いと言ったら、来い！」

「ほんとに変なんだから」

母はそんな父が、気に入らない。

母を庭に連れて出たものの、父はどこから話を始めたらいいのかわからなかった。明日すぐ入院して、手術もしなければならないのに。何より難しいのは、病気がどれほど深刻なのかをわからせることだった。

父はタバコばかりむやみに吸った。

「さっさと話してよ。ねえ、どこがそんなに悪いって？」

待ちきれない母が、先に口を開いた。

「……全部だ」

腹を決めて言ったものの、父は母の顔を正視できなかった。

「痛くもないのに、どうして全部悪いの？」

母は、まさかとでもいうように、軽く受け流してしまった。父はタバコをもう一度吸うと、思いきって言った。

「ガンだ」

「ガン？」

母は驚いたり、あわてたりする様子もない。

「そうだ」

「どこの？」

素直に聞き返す母の顔を、父は見ようとしなかった。顔をまっすぐ見れば、抑えていた感情が爆発しそうだったからだ。父は言いたくなかった言葉を、やっとのことで言い放った。

「子宮ガン」

「初期なの？　痛くないから、きっと初期ね。そうでしょ？」

母は、たいしたことではないと思っているらしい。父はそんな母を、悲しげに見た。

「子宮を取らないといけないの？」

母は、他人事のように淡々と聞く。父は何も言えず、ただうなずいてしまった。

「子宮ぐらい、取っちゃえばいいわ」

母は、盲腸の手術くらいに考えているようだった。その程度のことなら、父も何か言うことができただろう。しかし今、妻の体は、子宮を摘出する手術ぐらいでどうにかなるような状態ではない。

人の命とは、どうしてこんなに思うようにならないのだろう。かりそめにも医者である人間が、何もできないなんて、いったいどうしたことだ。

父は胸が張り裂けそうで、うなだれたままタバコの煙をため息のように長く吐き出した。

「タバコ消して」

母は、自分の病気より、父の吐き出す煙のほうがいやだという顔をした。タバコをもみ消す父が固い表情をしているので、むしろ母が慰めるようなことを言った。

「どうせ子宮なんてもう使い道がないんだから、それくらい何てことないわよ。旧把撥《クパバル》のソンジャも、平倉洞《ピョンチョンドン》の友達も取ったって言うし。いっそ切っちゃうほうがいいわ。もしやと思って、私も心配だったから。この年で子どもを産むわけでもあるまいし、月のものがあるわけじゃなし。私、そんなの平気よ」

母は言いたいことを言ってさっぱりしたらしく、服の襟を整えながら、家に入ろうとしている。

「入りましょう。情けない顔してないで。寒い。痛くもないのに、どうしてそんな病気だなんて……」

平然としている母が、父はいっそう気がかりだ。

「痛くないのか？」

「痛いって言ったら、あなたが代わってくれる？」

父は何も言えなくなった。

先に歩く母の後ろ姿をじっと眺めていた父は、とうとう涙がこぼれそうになって、空を見上げた。

*

ヨンスは胸の上に大きな石を載せたように息苦しく、耳も詰まるようだった。ヨンソクの家で感じた混乱が消えないうちに、怒りに満ちた父の叱責まで加わった。心身共に疲れきっているのに、頼りにするものもなく、どうしていいかわからない。

誰かが慰めてくれることを期待して、ヨンスはしばらく携帯電話をいじっていた。ヨンソクの家を出るときに切った電源を入れたいと、切実に思ったのだ。

こんなときに思い出されるのが、ヨンソクだけだなんて。彼を愛しているのだから当然のこととは言え、今のヨンスはそのことに当惑し、ほろ苦さを噛みしめていた。

逃げるように彼のマンションを出たとき、小さく感じられた自分がみじめで、憎かった。ヨンスは、どんなときにも堂々と自信に満ちていた。人に認めてもらえない恋愛であっても、自分にとっては嘘偽りのない愛だと思っていた。それなのに今、この瞬間、その愛が苦く、痛い。

ヨンスは、携帯電話をポケットに入れてしまった。

チョンスの部屋から出てきた叔母が、ヨンスを見て、同情するような顔で声をかけてきた。

「ヨンス、あんまり気にしなさんな。お父さんは、明日お母さんを入院させるので、頭がいっぱいなんだよ」

ヨンスは最初、その言葉を聞き流した。気の優しい叔母が父をかばい、自分を慰めてくれているのだろうと思っていた。しかし、ふと釈然としないものを感じた。

「誰が、何するって？」

「何って。お母さんが入院するんじゃない。あんた、まだ知らなかったの？」

ヨンスは狼狽《ろうばい》した。母が膀胱《ぼうこう》が悪くて苦しんでいることは気づいていたが、入院するほどひどいとは、まったく思っていなかった。

「何日か、かかるらしいよ。手術するっていうから」

ヨンスは、ぎょっとして叔母を見つめた。

「どれくらい悪いの？」

「そんなにひどくはないみたい。あたしもよく知らない。膀胱が悪いらしいけど。あたしは頭が悪いから、何を聞いても覚えられないんだよ」

ヨンスは心配になって、階下に下りていった。母の体のどこがどれほど悪いのか、知りたかった。

リビングのガラス窓に背を向けて座っている父の姿が、目に入った。ヨンスは庭に出て、父のほうに近づいた。

気配を感じた父が、ゆっくり顔を向けた。

「座れ。話がある」

父がタバコをもみ消しながら、まるで待っていたかのように淡々と言った。ヨンスは黙って近づき、父の横に置かれている椅子に座った。すぐに話しだすかと思った父は、なかなか口を開かなかった。ヨンスはそれ以上待っていられなかった。

「お母さん、手術が必要なほど悪いの？」

「ガンだ」

「え？」

ヨンスは、自分が聞き間違えたのかと思った。

「子宮ガンだ。あさって手術をする」

ヨンスはショックで頭がぼうっとし、今まで話してくれなかった父に、怒りがこみ上げた。ほかでもない、母がガンにかかっているという事実を、手術の二日前まで知らせてくれないなんて。そんな状況も知らず、自分のことばかり考えていたとは。

父は、いつもそうだった。独善的で威圧的な態度で、家族を支配しようとした。何かが起こっても、ろくに説明してくれたことがない。

病院が人手に渡りそうになったときも、家族は何も知らされなかった。後になって、突然、頭を殴られたように、すべてが終わっていたのを知ることになった。それだけではない。父はどんな場合でも家族の意見など聞こうとはせず、すべて自分の思うとおりにした。そのたびに家族は後始末をしなければならず、大変な思いをしてきた。

自分を罪人のように感じさせてしまう父が、ヨンスは恨めしかった。

「もっと早く教えてくれなきゃ」

「おまえが、お母さんの心配をしたためしがあるのか？」

父の言葉には怒りがこもっていたが、ヨンスもそれに対しては返す言葉がなかった。自分も悪かったと、認めざるを得ない。

「手術さえすれば大丈夫なの？」

ヨンスは憤りを抑えつつ、尋ねた。

「ああ」

父の返事には、なぜか力がなかった。ヨンスは不安にかられて念を押した。

「本当?」

「そうだと言ってるじゃないか」

父は、また声を上げた。医者が患者の家族に対するように、丁寧に病状を説明してくれることなど、はなから期待していないけれど、父があまりにぶっきらぼうなので、ヨンスはそれ以上聞こうという気にならなかった。

「チョンスには言わないでね。ショックを受けるわ。あたしが後で話すから」

ヨンスは、先に立ち上がって家に入った。直接、母を見て確認したかった。いつでも、そばにいてくれた母。認知症の祖母と毎日戦争しながらも、無愛想な父や優しくない子どもたちをすべて受け入れてくれた母。決して自分の存在を主張しない母に対して、家族は何と無関心だったことか。

ヨンスはリビングに入るとすぐ、奥の部屋に向かった。しかし、そこに母はいなかった。祖母の部屋のドアもそっと開けてみた。祖母はぐっすり眠りこんでいる叔母を見下ろしながら、舌打ちをしていた。

「シラミだらけだ。汚いやつ」

祖母は、まるで猿がシラミを取るみたいに、叔母の髪をさぐりながら何かを食べるような仕草をした。ヨンスは、そんな祖母を見て憂鬱《ゆううつ》になり、ドアを閉めた。

トイレのほうから、母のうめき声がした。ヨンスがドアノブを少し引っ張ってみると、鍵はかかっておらず、母が便器に座って両手で下腹を押さえていた。

「トイレ使うの？」

痛みにゆがんだ顔がやつれて見えた。ヨンスは悲しみがこみ上げるのを抑え、トイレのドア枠にもたれた。

「ううん」

トイレに行くたび小便が出なくてうなっていた声を、気にも留めないでいたことに罪悪感を感じたヨンスは、うなだれてしまった。

「じゃあ、何？」

母はトイレに用がないのに何で突っ立っているのか、いぶかしく思っているらしい。

「ごめんね。知らなかった」

喉を詰まらせて言うのに、母は笑ってみせた。

「たいしたことないのよ。初期なら、切ってしまえば何ともないって。チョンスには言わないでよ。びっくりするから。水ぶくれができたとか何とか、すごく簡単な手術だと言っておいて。心配ないわ。私ぐらいの年だと、こういう手術はよくあることだから」

ヨンスはまだ初期だという母の言葉に、少し安心した。母の病気はごく初期で、ガンという病名はついていても、実は何というほどのことでもない、良好な状態であると信じたかった。

「うん。痛くない?」

「痛くない。さっさと寝なさい。もう遅いよ」

軽く答える母の態度に、ヨンスは気が楽になった。

*

ヨンスは朝起きると、まず会社に電話をかけた。欠勤届を出せなかったから電話でなりとも事情を話して、今日は母についていたかった。自分が必要とするときにはいつでも、母が近くにいてくれたように。

ヨンスは母の入院準備を手伝いながら、不安と焦りを振り払おうと努めていた。母はすぐ回復して「ほら、大丈夫だって言ったでしょ」と笑うに違いない、とヨンスは自分に言い聞かせていた。

父もやはり不安なのか、門の前で何本も続けざまにタバコを吸っていた。家族が病院に持ってゆく荷物を車のトランクに積んでからだいぶたつのに、母は出てこない。

「早く出てこいって言ってよ。お父さん、また怒るぞ」

バックミラーを通して父の様子を見ていたチョンスがいら立った。まだ何も知らないチョンスは、母の手術より父の機嫌が気になるらしい。

母は外出の準備を終え、祖母の前に座っていた。祖母が朝食を食べ終えるのを見届けてから、出かけようというのだ。祖母は今日に限って、文句も言わずにおとなしく食べていた。母は祖母が自分で水を飲むのを満足げに眺めていた。

「出かけてください。みなさんお待ちですよ」

外からクラクションの音が聞こえ、ヘルパーが促した。母が立ち上がろうとすると、祖母は不安そうに目をぐるりと回した。

「おばさん、どこ行くの？」

そんな祖母を置いていくのは、気の重いことだ。

「遊びに行くのよ」

母は無理に笑って祖母の肩を軽くたたくと、立ち上がった。

「あたしも連れてって」

祖母がまた甘えだした。

「駄目」

母の言葉が終わらぬうちに、祖母は持っていた水のコップを床に投げつけた。

「あたしを捨てていくつもりだな」

そう言ったかと思うと、母の脚にしがみつき始めた。

「あたしを連れてけ。一人で行っちゃ駄目！」

母は祖母を振り払うこともできずに持て余していた。そんなことも知らないで、外ではしきりにクラクションを鳴らしている。

「ねえ、あたしも連れてって。ねえったら」

祖母は涙のたまった目で母に訴えていた。そんな祖母の不憫《ふびん》な瞳が、母の心に突き刺さる。

「すぐ帰ってくるから、ちょっとだけ待っててね」

いくら話しても、祖母は聞かなかった。やっとのことでヘルパーが祖母を引き離し、母は重い心を抱いたまま、家を出ることができた。

すぐに入院しろと夫が騒ぎ立てるのでなければ、正直、手術などしたくはない。しかしそんなことを言えば、あの頑固親父はひどく怒るだろう。

「手術するにしても、来年の春にすればいいのに。まるで重病みたいに……。おばあさんを何日も放っておくなんて、気が気じゃないわ」

母は車に乗りこみながら、父に言った。いつもなら言い返す父なのに、固く閉じた唇の間からは、ただため息ばかりが漏れた。

ヨンスはそんな父が不思議だったが、自分の病気よりも祖母のことを心配している母が、今さらのように悲しかった。それが母であり、そんな母を見ても当たり前だと思っていたのだ。

ヨンスはふと、こんな状況で自分が罪人のように思えるのは、純粋にそんな母のせいかもしれないという気がした。生まれつき利他的な母がそばにいるから、自然に利己的になってしまった家族。ヨンスは、そんな母のことを考えられなかった自分が恨めしくて、胸が詰まった。

病院に到着して入院手続きをすると、ようやく母の手術がなまなましい現実として迫ってきた。母も同じ気分だったのか、ヨンスと義妹が病室を片付ける間、ベッドに腰掛けて、落ち着かない表情でまわりを見渡していた。病室はわりにきれいな個室だった。

父とチョンスが必要な物を買いに出かけている間、手術を執刀する張《チャン》博士と尹《ユン》博士が病室に入ってきた。母はうれしい客を迎えるように明るく笑った。

「まあ、何て贅沢《ぜいたく》なんだろう。私なんかに、博士様が二人もついていただけるなんて」

「明日三時に手術します。今日は手術前の検査をいくつかしますが、具合はどうですか？」

張博士が優しく笑いながら尋ねると、母はうなずいて尹博士を見た。

「うちの人は？」

「今、カルテをご覧になっています。一緒に手術室にも入りますよ」

その言葉に安心したのか、母の顔はいっそう明るくなった。

「何と言っても旦那さんがいいのね」

「もちろんよ」

にこっとして答える母を見て、ヨンスは少し気が緩んだ。

そっと病室を出たヨンスは、携帯電話に何度もメールや音声メッセージを残していたヨンソクに電話をかけた。昨日、黙って彼の家を出てから、連絡をしていなかった。

「大丈夫か？　夕べから連絡がつかなくて、どんなに心配したか」

ヨンソクの心配そうな声が聞こえたとたん、ヨンスはこみ上げるものを感じた。

「本当に大丈夫なのか？」

「ええ、大丈夫よ」

ヨンスは、彼の声で癒やされていた。

母が入院したと聞いてヨンソクは、今すぐにでも病院に行くと言ったが、ヨンスは来るなと言った。ヨンソクを堂々と母の病室に連れてこられる立場でもなかったし、病院の片隅で、家族に隠れて会いたくもない。それに、今日だけは母の横についていたかった。

「様子を見て、また電話するから」

「必ず電話しろよ」

「ええ。奥さんは、帰ってきた？」

「まだだ」

「じゃあ、まだ食事は不自由ね。外食ででも、きちんと食べてね」

電話を切って戻ろうとするヨンスは、病院に入ってきたインチョルに遭遇した。

「お母さんの具合はどう？」

インチョルは心配そうに聞いた。

「明日手術だって」

「きっと大丈夫だよ」

インチョルが心からそう言ってくれているのをわかっていながら、ヨンスはその気持ちをちゃんと受け止めることができなかった。昨日の口げんかで、インチョルのお節介が気に入らなかった。

「どうして来たのよ」

「家に電話したんだ。飯は食ったか？」

「食べたくない」

ヨンスは、もの言いたげなインチョルの視線を無視して背を向けた。妙なことだ。どうしてこの人の好意はいつも当然のように感じたり、度が過ぎると思ったりするのだろうか。ヨンスは複雑な気持ちを振り払うように、小走りで母の病室に向かった。

*

父はチョンスを先に母の病室に行かせておいて、張博士の診察室に行った。母の手術を前に、張博士と尹博士がカルテを点検していた。

父も一緒にそのカルテを見た。ガン細胞が四方八方に飛び散って、どこから手をつけたらいいのか見当もつかない写真を前に、父は一縷《いちる》の望みを探し出そうと全力を傾けていた。

執刀する張博士が、断固として言い放った。

「あちこち切っても、いいことは何ひとつない。ここに見える、これだけ取ろう」

父は張博士の言葉を聞いているのかいないのか、写真を指差しながら説得にかかった。

「ここはどうだ？　切り取れると思うが。ほかはともかく、ここここは、どうにかなるんじゃないか?」

張博士は、黙って首を横に振った。父は助けを求めるように尹博士のほうを振り返ったが、結果が目に見えているのだから、彼女も何も言えない。

「どうだ、これはどうにかなるだろう。おまえたちが切らないなら、俺がやる!」

「まあ落ち着け。手術室に入って、見てから考えよう」

張博士が父を制止した。

「張先輩の言うとおりにしましょう」

尹博士も、父の味方になってくれない。

父は二人の冷静さに、少し裏切られたような気がした。同じ医者として、冷静さを保っている二人の態度は信頼できた。事実、カルテを見た限りでは、二人の忠告がまったく正しいということはわかっている。しかし百万分の一、一千万分の一の可能性は、残されているかもしれない。彼らと父の違いは、父が信じている最後の一パーセントを、彼らはゼロだと思っている点であった。

その一パーセントが父には唯一の希望であり、彼らには最初から不可能な数値にすぎなかった。父が一般の患者を診る医者の立場であったなら、彼らと同じ意見を持ったに違いない。だが、その患者が妻であるために、その不可能な数値に最後の望みをかけていた。

「おまえの気持ちはよくわかったから、とにかく手術室に入って見てから決めよう」
頑《かたく》なな父の気持ちを察したように、張博士が言った。父もそれ以上無駄な言い争いで、時間を浪費したくはなかった。

入院した最初の夜、母は枕が変わって寝づらいのと、家に残してきた祖母が心配なのを除けば、まずまず快適に過ごした。

だが父は眠れなかった。奇跡というものがあるならば、明日、母の手術室で起こってくれることを願った。父は今まで神様に祈ったことはなかった。しかし今夜は、神様と仏様、アラーの神まで、思いつくすべての神を呼びながら、必死で何度も繰り返し祈りを捧げた。

「関係者以外立入禁止」と書かれた手術室の赤い表示板が、見慣れないもののように感じられて、恐ろしかった。ヨンスは、母が手術服に着替えるのを見ると、いっそう不安になった。チョンスも廊下を行ったり来たりして、いらだちを隠せないでいた。

やがて手術服姿の母が、男性看護師たちが押すストレッチャーに乗って出てくると、チョンスはおびえた顔つきをした。

「お母さん、怖くない？」

「ああ、ちっとも怖くないよ」

母は、甘えん坊の末っ子を落ち着かせようと、笑って見せた。ヨンスはこみ上げてくるもののために、何も言えなかった。そばにいたクンドクの妻も、今にも泣きだしそうな顔をしていた。

「お義姉さん、大丈夫?」

「大丈夫だって言ってるのに」

母の目に、かすかに光るものがあった。ヨンスは母に何か言いたかったが、何か言えば泣きだしてしまいそうだった。母は目の中に入れておきたいとでもいうように、ヨンスとチョンスを交互に見た。

「行きますよ」

看護師たちがストレッチャーを動かして手術室に歩き始めた。母の姿は、赤い表示板の掛かった手術室の中に消えていった。

これ以後は、ひたすら待つしかない。ヨンスは、時間がたつにつれ、じりじりと不安になり、居ても立ってもいられなくなった。手術室の前の椅子に座っている間が、彼女にはまるで数十年も待っているかのように思えた。

チョンスは喫煙室と病院の廊下を行き来しながら、吸えもしないタバコを何本も吸い、クンドクの妻はトイレでめそめそ泣いていた。

ヨンスは手術室の前の廊下にうずくまっていた。

きっと、何事もなかったみたいに、にっこり笑って退院するのよ。うちのお母さんって、金《キム》イニさんって、そういう人なんだから。ヨンスは母の顔を思い浮かべながら、不安な気持ちを振り払おうとしていた。

しかしとうとう、こらえていた涙がヨンスの頬をつたって流れ落ちた。そのとき、廊下の向こうから同情するような視線を向けているインチョルと、目が合った。その目は、人をそらさないような頼もしさをたたえていた。ヨンスはその目を見ることができず、顔をそむけた。

父が手術スタッフと共に手術室に入ったとき、母はもう、麻酔で意識のない状態だった。父は、手術室の冷たい照明の下に横たわっている母を見下ろした。

思い返してみれば、妻が病院のベッドに寝ている姿を目にするのは、初めてだった。子どもを二人産んではいるが、出産のときにはついていてやれなかった。二人とも偶然、彼が外国にいる間に妻が一人で出産したのだ。

入院はその二回きりで、ずっと文句も言わずに家族の世話をしてきた妻を、父は当然のごとく、健康なのだろうと思ってきた。だが考えてみれば、今までどこも悪くなかったはずがないではないか。姑や夫や子どもの世話に追われて自分の体を酷使してきた妻の歳月が、今になって父の胸を締めつけた。

父は、数えきれないほど手術をこなしてきたベテランの医者でありながら、今、非常に緊張していた。

張博士が、ゆっくりと手袋をはめて手を持ち上げ、看護師に言った。

「メス！」

看護師の手からメスを受け取った張博士が、ついに妻の真っ白な肌に一筋の線を引いた。父は思わず、目をつぶった。

父は気持ちを落ち着かせながら、おぞましく開いている妻の腹の中をのぞきこんだ。張博士と尹博士の顔が、無残にゆがんでいる。予想はしていたものの、これほどひどいとは、誰も思っていなかった。

一般的に、ガン細胞には大きく分けて二種類の形態がある。一つは腫れ物のように固まっているもの、もう一つは花粉のように分散して現れる形態だ。ある程度進行していても、ガン細胞が腫れ物のように固まっていれば、目に見える物を摘出することができ、それなりに希望は持てる。

しかし妻の体内にあるガン細胞は、ばらまいた花粉のように四方に分散していて、メスを入れたとたんに、恐るべきスピードで体の中を駆け巡るやつらだ。

父は、一パーセントの希望がみじんに砕かれるのを見た。どの神様も、昨夜、生まれて初めて捧げた祈りに応えてはくれなかったのだ。張博士と尹博士は最後の決断を待つように、父を見ていた。

父は眠っている妻を起こして、聞いてみたかった。

(おい、どうする？　それでも手術しようか？　もし死んだとしても、そのほうが、気が晴れるか？)

そして怒鳴りつけたい気がした。

(おい、どうして俺にこんな恐ろしい決定をさせるんだ、ええ？)

(すべて、あなたの思いどおりになるわ。あなたが死ねと言うなら死ぬし、生きろと言うなら生きるわよ)

妻はまるでそう言っているかのごとく、何の不平も言わずに眠っていた。

父は魂の抜けた人のように、妻をじっと見ていた。そして惨憺《さんたん》たる気持ちで振り返り、自分を呪うように低い声で言った。

「閉じてくれ！」

父はマスクを取って手術室の隅に置くと、ゆっくりドアに向かって歩いた。やがて手術室の壁に額をつけた父の肩が、激しく上下した。

4章

手術は成功だったのだろうか。ヨンスの目には、母は以前と変わりがないように見えた。ガン患者とは思えないほど明るい表情に、ヨンスは内心、胸をなで下ろしていた。

最初は泣きじゃくっていた叔母も、母を車椅子に乗せて病院の廊下を闊歩《かっぽ》し、以前のように無駄口をたたいた。母は家が心配なことを除けば、何日か休暇を取った人のように、久しぶりにゆったりとした時間を過ごしているようだ。

「ああ、もう笑わせないでよ。縫った糸がはじけそう」

母は他の患者に交じって、叔母のあけすけなおしゃべりに、腹をかかえて笑っていた。

ヨンスはそんな母を見ていい気分だった。

しかし、手術を終えて何日たっても、父は病室に顔を出そうとしなかった。抜糸のときも、ヨンスが母を連れて行かなければならなかった。ヨンスは、父の無神経さが恨めしかった。手術がうまくいったからだろうと、いいほうに解釈しようと思ってみても、父がひどすぎるのは事実だった。顔には出さないが、母も内心では寂しがっている。

朝食を待っていた母が、妙に悲しそうに窓の外を見ていた。ここ数日、抗ガン剤治療を受けている母は、夜もあまり眠れなかったけれども、子どもたちや義妹には、そんなそぶりは見せなかった。

ヨンスは母の肩をもみながら、そっと尋ねた。

「お父さんに、来てくれって言おうか？」

「病院が忙しいのに、そんなこと言わないでいい。それよりヨンス、あんた、早く家に帰って、おばあさんの面倒を見てよ」

母は窓の外に視線を向けたまま、娘の顔を手でなでた。ヨンスは、母の視線が何を追っているのか、わかるような気がした。家に一人でいる祖母や、顔も見せない父が心配で、母は病院にいても落ち着かないのだ。

ヨンスは、母を背後からそっと抱いた。

「ヨンス」

「はい」

「あんた、今いくつ？」

「二十七」

「嫁に行く年になったね」

「何を言うの。あたし、まだあと何年か一所懸命働いて、ずっとお母さんと一緒に暮らして、それから、ずーっと後になってから、優しい人に出会って結婚するわ」

母は、子どもをあやすようにゆっくりと体を揺らした。背後から母を抱いているヨンスも、一緒にゆっくりと揺れた。

ヨンスの幼い頃、母はむしゃくしゃしたり、つらいことがあると、ヨンスを連れて遊び場に行き、一緒にブランコに乗ったりした。小さいヨンスを膝《ひざ》に乗せてブランコに乗るのが、母にとっては憂さ晴らしの一つだった。そのたびにヨンスは、訳もなく悲しくなったり、うれしくなったりした。母が口ずさむ歌に合わせてブランコはゆっくり、とてもゆっくり動いたものだ。

母の背にもたれ、子どもの頃に感じた安らぎを思い出していたヨンスは、母の肩に顔を埋めた。

「ヨンス、何してるの？」

のんびり体を揺すっていた母が、振り向いた。ヨンスは明るい微笑を浮かべる。

「お母さんの匂い」

「私、匂う？」

「うん、ずーっと昔から」

「え？　何、どんな匂い？」

母はびっくりしてヨンスを見つめた。ヨンスも母の顔をじっと見た。

（お母さんはいい匂いがする。小さい頃からその匂いがとっても好きだった）

そう言おうとして、ふと喉が詰まった。ヨンスは母の視線を避けて、ごまかした。

「化粧品の匂い」

「まさか。病院の匂いでしょ。化粧品のはずがないわ」

軽くにらんで見せる目尻に、いつしか深いしわが刻まれていた。

「あんた、あの先輩にもうちょっと優しくしてあげなさい」

母が、インチョルのことを言いだした。ヨンスのいない間に、インチョルが何度か見舞いに来たことは知っていた。

「お母さん、あの人好きだな。あんなに一途な人もめったにいないわよ」

ヨンスは、母が何を言いたいのかわかっているので、言葉を遮った。

「お母さん、あの先輩とは、そんな間柄じゃないの」

「男女の仲は、いつどうなるかわからないもんだよ」

「そんなんじゃないったら」

ヨンスが困っていると、叔母が給食のトレイを持って入ってきた。ヨンスは、叔母が母の食事を手伝う姿をしばらく見てから、出勤するために病室を出た。

ヨンスは、出勤する車の中で、母の言葉を思い起こしていた。

「先輩にもうちょっと優しくしてあげなさい。ちょっと変わり者のあんたを、あんなに思ってくれてるんだから、なかなか器の大きい人物だよ。これ以上、あいまいなままにして苦しませるより、つき合うのか、もう会わないか、はっきりさせなさい」

母の言うとおり、インチョルは一途だ。それが、ヨンスの負担になったり、申し訳ないという気を起こさせたりもした。

ヨンスは職場に着くとすぐ、インチョルを探した。インチョルはデパートの地下の作業場で、作業員たちと一緒に働いていた。デザイナーが自分でやる必要はないのだが、インチョルは、重要なインテリアは必ず自分で工具を持って作業することにしていた。

ヨンスは、研削盤の音が響く作業場を横切ってインチョルに近づき、肩をたたいた。

「作業員の間食代よ」

ヨンスの渡した封筒を、ズボンの後ろのポケットに突っこみながら、インチョルは何げなく言った。

「どうして金《キム》ジョンウンさんが持ってこないんだ？」

「あたしが持っていくって言ったの」

ヨンスは、思いきり明るい声で答えた。インチョルは研削盤のスイッチを切り、少しぼんやりした目でヨンスを見た。

「話があるの」

ヨンスの言葉に、インチョルはいくらか緊張した。

インチョルが、作業場の裏にヨンスを案内した。

「先輩を、失いたくない」

作業場の一方に積み上げた資材の山に腰掛けて、ヨンスが口を開いた。

「でも……」

ヨンスは言葉を切ってインチョルを見た。彼の目が揺れるのを感じた。ヨンスは、言っておくべきことがあった。

「愛してはいないの」

インチョルは何も言わなかった。インチョルには残忍な言葉であっても、ヨンスは、それが彼のために自分ができる最善の配慮であると思った。自分に対して、どんな期待も未練も持たないようにしてあげること。インチョルが受けるかもしれない傷を、前もって塞いでおくこと。ヨンスが、この親切な先輩のためにできるのは、それだけだった。

「あたしにとって先輩は、影みたいな存在なの」

再び、重い静寂が二人の間に流れた。その静寂を破って、インチョルがうめくように言った。

「あの人に会って、気持ちが安らぐのか？」

「ええ」

ヨンスは、彼が何の未練も残さないよう、断固として答えた。

インチョルは苦い笑みを浮かべた。

「食事のとき、俺と一緒にいるときみたいに、気楽に食べられるか？　キムチを手でちぎったりして」

そんなことができないからこそ、あの人が特別なのだ、恋という感情は、気安さではなく、特別であることなのだと言おうとして、ヨンスは、ふと口を閉ざしてしまった。インチョルが与えてくれる安らぎは、ヨンスにとって特別なものだった。ヨンスは、そのことまで否定したくはなかった。

「行けよ」

インチョルがヨンスを振り返って、かすかに笑った。少しぎこちなく見える彼の微笑は、とても空虚であるために、かえって深みの感じられる、からっぽの井戸のようだった。

「この間、俺はひどいことを言ったが、忘れてくれ。つまらないやきもちだ」

インチョルは、立ち上がるヨンスの手を取った。

「傷つくなよ」

その言葉にこめられたインチョルの純粋な配慮が、温かく伝わってきた。ヨンスは黙ってうなずくと、作業場を出ていった。

＊

「どうして取るの？　治療は終わり？」

看護師が、母の手首に刺さっていた注射針を抜くのを見て、クンドクの妻が驚いた。母も、まごついたように看護師を見つめた。看護師は問いに答えもせず、点滴装置に掛けていたリンゲルの瓶をはずしていた。

「変ね、まだ終わっていないのに」

クンドクの妻がつぶやくと、看護師が母に尋ねた。

「今日は、昨日の晩みたいな目まいや震えはないでしょう？」

「はい」

母は不安になった。クンドクの妻が、出てゆこうとする看護師を引き止めた。

「どうしてやめるの？」

看護師は、何も言わず、妙にぎこちない微笑を浮かべて病室を出ていった。クンドクの妻が、看護師の後ろ姿に向かって、大声でいやみを言った。

「病院の人たちって、偉そうにして、人の聞くことに答えもしないんだからねえ」

母は、注射針が抜かれた手首をぼうぜんと見ていた。ガンだというのに、なぜ抗ガン剤をやめるのか。看護師の態度が、どうにも怪しかった。昨夜は、過労のときのような寒気と目まいがしたのだが、それならそれで、薬を増やすべきではないのか。なぜ点滴をやめるのか、ちっとも納得できなかった。こんなとき、医者である夫が近くにいたら、どういうことなのか聞けるのに。

「お義兄《にい》さんが来れば、退院するのか、どういう状態なのか聞けるんだけど。どっかで浮気でもしてるのかね、この頃ちっとも来ないね」

義妹の言葉に、母はずっと我慢していた寂しさを表に出した。

「もう、うんざりしたんでしょ。薄情な人。女房がどうなってるのか、気にならないのかねえ。何日も顔を出さないで」

「男って、みんなそうよ。自分たちだけわかってるんだから」

クンドクの妻は、わが意を得たりとばかりに、ひとしきり演説を始める気配だ。

「あたしはときどき思う。男も女みたいに生理があったら、一日置きに戦争が起こるんじゃないかな。つらいのを我慢できなくて、あちこちに銃をぶっ放すんだわ、きっと。いやなやつら！」

クンドクの妻は身震いすると、トレイに載せた食器のふたを取った。母は箸を取ろうともせず、窓の外にそっと目を向けた。

木々は、一日ごとに葉を落としながらやつれてゆく。その光景を見ている母の気持ちもやるせない。あれが人生なんだ、ああやってやつれていって、最後に、ぽっくりあの世に行くんだろう。そんな思いにふけっている母の目のまわりが、青く落ちくぼんでいる。気が短くて無愛想だとはいっても、こんなときに思い出されるのは、やはり夫のことばかりだ。顔も見せずに、どこで何をしているのだろう。母は何だか心配になってきた。

*

父は、何日も母の病室の近くをうろうろするばかりで、足を踏み入れることができなかった。

わずかな希望でも残されているなら、手術にすべてを賭けてみようと思っていたのが、今ではその一縷《いちる》の望みすら水泡と消えてしまった。父は深い虚脱から抜け出ることができないでいた。世のすべてが、絶望の淵に変わってしまったようだ。

医者である自分が妻のためにできることは、ついに何もなかった。夫として妻に優しくしてやったこともなく、家長としての役割もろくに果たせなかったが、そのすべては、自分が医者であるということで許されると信じていた。なのに、自分は何もできない。妻の病気が悪化するまで放置したのも自分だったし、今は手の施しようもなく、死に向かう妻を、指をくわえて見ているだけなのだ。

父は、抗ガン剤治療でひどい苦痛を味わうことになる妻に、顔を合わせる面目も、勇気もなかった。これから髪が抜け、体重がどんどん減って、枯れた花のようにやせこけてゆく妻の姿を想像するだけで、心臓が破れそうだ。

「子どもたちに話したほうがいいわ」

慰めてもらいたくて訪ねたのに、尹《ユン》博士は父に難しい宿題をひとつ出した。父は、母の死をまだ認めたくはなかった。どうしてよいかわからず途方に暮れている父に、その宿題は手に余るものだった。母の死を家族に宣告するだけの、心の準備ができていない。

父は持っていたタバコを、いら立ったように紙コップの中でもみ消した。そんなアドバイスなど聞きたくない。尹博士は、父の心境をわかっていたが、わざと知らないふりをして、落ち着いた声で続けた。

「丁《チョン》先輩の気持ちはわかる。奇跡が起こるかもしれないし、私もそう信じたい。でも奇跡を待つにせよ、現在までの状況がどうであるのか、ヨンスとチョンスに、それから奥さん自身にも、言っておくべきだと思うの」

「何？　何を言えって？」

父は自分が何も知らず、何も認められないかのように、声を荒らげた。

「もう時間が……ないわ」

「時間はある。死ぬのに、どれだけ時間がかかるってんだ。あの世に行くのに、旅支度するわけじゃなし。死ぬのは一分もかからん。葬式だって、三日あればじゅうぶんだ。まだ時間はたっぷりあるぞ」

父は、母を見送る準備ができていなかった。いや、それを避けていた。事実を受け入れるのが恐ろしかった。父は逃げるように席を立った。

「丁先輩！」

尹博士が父の前に立ちはだかった。

「外に出ましょう。風に当たれば気分も変わるわ」

二人は、病院の裏庭にある公園に出た。冷たい風で、鬱屈《うっくつ》していた気分が少し晴れるような気がした。父はベンチに座って風に舞う落ち葉を眺め、タバコの煙を長く吐き出した。

「一本ちょうだい」

父が尹博士にタバコを渡した。タバコに火をつけ、深く吸いこんだ尹博士は、宙を凝視しながら口を開いた。

「ときどき、死を目前にした患者を見ながら、こんなことを思うの。あの人たちは幸せだ、あの人たちの家族は幸せだって」

父は意外な言葉に、振り向いた。

「ときどき、刑が執行される前の死刑囚を見てもそう思う。あの人たちは幸せだ」

「どういうことだ？」

「あの人たちには、人生を整理する機会が与えられているのよ。死刑宣告を受けた患者と家族たちは、とてつもない苦痛の代価として、健康な人たちは決して持つことのない、人生の整理期間が与えられるわ。謝っておくべき人には謝り、じゅうぶんに愛することができなかった人には、愛していると告げられる」

尹博士は数年前、両親を交通事故で亡くしている。遺言すら残せないまま、突然事故にあった両親を残念に思っているからだろうか。尹博士の目が、少し赤くなったようだ。しかし彼女はすぐに感情を抑え、淡々とした表情で父を見た。

「ヨンスとチョンスに、その言葉を言う機会を与えてやってちょうだい。そして奥さんにも、人生を整理する時間をあげて」

父は困惑して、尹博士の視線を避けた。

「先輩がその機会まで奪うことはできないわ。そんなことをしたら、後で恨まれるわよ」

尹博士の忠告が、父の胸を鋭く貫いた。

「ほっといてくれ。好きなように恨めばいいさ。そんなことぐらい、怖くはないぞ」

父は、逃げるようにその場を離れた。その言葉には、父も共感していた。しかし、いざ自分のこととなると、取り乱してしまう。

*

ヨンスはデパートのコーヒーショップで、仕事のために訪れたヨンソクと、向かい合っていた。今日のヨンソクは、何だか憔悴《しょうすい》して見える。奥さんがいないと、男たちはみんなあんな顔になるのだろうか。ヨンスはふと、最近めっきりしょぼくれてしまった父の姿を思い浮かべた。

ヨンソクはコーヒーをひと口飲んで、ちょっと元気のない声で聞いた。

「お母さんの付き添いが大変で、肌が荒れてるね。疲れるだろう？」

「付き添いだなんて。会社帰りに顔をちょっと見るのが精いっぱいよ。ところで、そっちはどうしてそんなふうなの？　ネクタイはしわくちゃだし。奥さんはいつ帰るの？」

ヨンスは自分よりもヨンソクのことを気にしたが、彼はわずかに微笑を浮かべるばかりだった。

「いつ退院するんだ？」

「わからない」

「何で？」

ヨンソクは、理解できないという顔をした。

「お父さんは、いつもそうなの。教えてくれないのよ」

父のことを考えると、ヨンスはどうしても表情がこわばってしまう。雰囲気を変えようと、ヨンスは胸に秘めていたことを言って、笑った。

「でも、あなたはとても優しい。そこが好きなの」

ヨンソクもうれしそうに笑った。

「担当医に聞けば？」

「仕事が終わってからだと、会えないもの」

「抗ガン剤治療は、つらいんだってね。お母さんは耐えられそう？」

「そのようよ。ひどい車酔いみたいな症状はあると言ってたけど、吐きもしないし、髪の毛も抜けてないから」

「それはよかった。今日も行くんだろう？」

ヨンスは目でうなずいた。

「お母さんが早く良くなればいいね。僕たちのためにも。このままだと、おまえの顔を忘れそうだ」

愛情のこもった眼差しに、ヨンスは幸福を感じた。

コーヒーショップを出たヨンソクが、黙ってヨンスの腕を引っ張った。彼は非常口に通じるドアを開け、隠れるようにヨンスを押しこんだ。

ヨンスはしばらく彼の両腕に抱かれて心臓の鼓動を聞いていた。心臓の音が、まるで冬の海で聞く波の音のようだ。重く、深い波の音。

ヨンスはふいに、寒気を覚えた。彼の胸に抱かれているのに寒気だなんて。そうだ、波の音のせいだ。あの冬の波の音のせいなんだ。ヨンスはそう考えて、そっと目を閉じた。

彼が手で頬を包み、彼女の唇を探していた。彼の手のひらの熱気がヨンスの頬を紅潮させた。ヨンスは目まいがして、近づいてくる彼の唇を手で押しのけると、階段を一段下りてしまった。

ヨンスは切ない目で、当惑しているヨンソクを見つめた。

「だんだん欲が出てくるの。最初は見ているだけでよかった。ああ、あの人の目はあんな形をしている、あの人はあんなしゃべり方をするんだなあって、そんなふうに一つ一つ知ることが楽しかった。そして、手を握った。それからが問題だったみたい。あなたを見たら、やたらに手を握りたくなった」

ヨンスは、階段の横の壁にもたれ、自分の足先を見下ろしながら淡々と続けた。

「今は、やたらと抱かれたい。だからなの。キスしたら、いつもキスしたくなるし、その次にはきっと、寝たくなるでしょう。そしたら一人でいるのがいやになり、あなたを見送るのがいやになって……。そうなったら、あなたが困るじゃない」

彼女の苦い微笑みが、ビルの屋上に続く非常口の欄干の上のほうへと、虚しく広がっていった。ヨンソクの表情も、やや陰鬱になっていた。

彼の手が、またヨンスの顔をさわった。その手に溺《おぼ》れまいとでもするように、ヨンスはぼんやりと宙に目を向けた。得体の知れない悲しみで、ヨンスの目が赤くなった。

彼の顔が、目が、ゆっくりとヨンスに近づいてきた。悲しみが、かえってヨンスに火をつけたのだろうか。彼女の体が、少しずつ引き寄せられた。ヨンスは崩れるようにうなだれ、目を閉じた。

その瞬間、二人を引き離すかのごとく、ポケットの中の携帯電話が静寂を引き裂いて鳴り響いた。

「絶好のタイミングで鳴るわね」
携帯電話を出しながら、ヨンスが照れたように笑った。意外なことに、電話の主は父だった。

*

いつになく、真っ赤な夕焼け。

父は、娘の働くデパートの横の公園でベンチに座り、通り過ぎる人たちを寂しそうに眺めていた。年末前のデパート周辺がいつもそうであるように、人々はそれぞれ買い物袋やプレゼントの包みをかかえて、忙しそうにどこかへ向かっていた。彼らは愛する人に、あるいは温かい家庭に帰ってプレゼントを渡したり、愛を誓ったりするのだろう。父は、もうこれ以上、希望などにだまされはしない。朝が来ても希望など、ない。必死に頑張って働いてきたのに、いつ追い出されるかもしれない無能な勤務医。これが、六十歳になる父の現実であった。

父にとって生きることは、ぬかるみのようなものだった。今までは、そのぬかるみを、埃《ほこり》の舞う道路くらいに感じさせてくれる人がいたからこそ、それなりに生きてこられたのだ。妻という存在がなかったら父は、人生の落伍者になっていたに違いない。妻は父のために、喜んで自分を犠牲にしてきた。

世の中は、どうしてこんなに不公平なのか。はかなく死んでゆく善良な妻のことを考えると、父は自分が息を吸っていることすら、卑劣な行為に思えた。馬鹿みたいに人の良い妻は、苦労をかけどおしの無責任な夫を、ちっとも恨んでいない。父はそのためにいっそうつらく、また腹立たしい。

「お父さん」

いつの間に来たのか、ヨンスがそっと父の横に座った。娘が小さいときも一緒に過ごした思い出をあまり持たない父と娘は、何となくぎこちない。父は、話をどう切り出すべきかわからなかった。

「ヨンス」

続けざまにタバコを三本ふかしてからようやく、娘の名を呼んだ。闇が濃くなる空に漫然と視線を向けていた父は、大きく深呼吸をすると、決心したように言葉を続けた。

「お母さんは」

ヨンスは、いやな予感で胸がどきどきし始めた。

「お母さんは、どうやら長く生きられそうにない」

父はひと息に言った。ヨンスは、聞き間違えたかと思って、父の顔を見た。

「死ぬ」

苦しそうに吐き出す言葉に、ヨンスは唖然とした。父が今、とんでもないことを言っている。ヨンスは、瞼《まぶた》が震えだした。

「どういうこと？」

「言ったとおりだ。長く生きられない」

顔をそむけたまま、ため息のように吐き出される言葉を、ヨンスはとうてい信じられなかった。どうか本当のことを話してくれと訴えるように、ヨンスは父の肩を揺さぶった。

「どういうことって聞いてるじゃない。手術したのに、どうして死ぬのよ？」

「手術できなかった」

父の肩には、力がなかった。父は赤くなった目を見られないよう、顔をそむけた。

「手術は、できなかったんだ。手の施しようがなかった」

ヨンスはまだ、父の言葉が理解できなかった。わずか数日前までは手術すれば完治するだろうと、母は長生きできるだろうと思っていたのに、こんなあきれた話がどこにあるのか。ヨンスはこみ上げる怒りをやっとのことで抑えて、口を開いた。

「何のことか、ちっともわからない。でももし仮にそうだとしたら、あとどれくらいなの？」

「ひと月かふた月。俺にもよくわからん」

ヨンスはついに、怒りを爆発させた。なぜそんな無責任なことが言えるのか。ヨンスは恨みに満ちた目で父をにらみながら、軽蔑したように叫んだ。

「どうしてそんなことが言えるの。お父さんは医者なのに、どうしてそんなになるまで放っておけるのよ。お父さん、医者でしょう？」

父は惨憺《さんたん》たる顔でうなだれた。医者であるために、言うべき言葉も、取るべき手段もない自分を、父もまた許せないでいた。

「違うわ、違う！」

絶叫するヨンスの頬に、涙が流れた。ヨンスは信じたくなかった。昔から父はあまり信頼できる人ではなかったから、また何か勘違いをしているのだ。そう思うことにした。

「帰るわ」

ヨンスは父を公園のベンチに残したまま、冷たく背を向けて去った。父の語る真実を、その公園に捨てるような気持ちで、ヨンスは後ろを振り向かなかった。

その夜、ヨンスは尹博士を訪ねた。

「あたし、父は信用してないんです」

ヨンスは、父の話を尹博士が否定してくれることを願った。

「父は、医療事故で患者を殺したこともあります。そのために病院が人手に渡り、祖母は呆《ぼ》け始め、それでなくとも父が怖くて小さくなっていた母とあたしたち姉弟《きょうだい》は、いっそうつらくなりました。父は医者としても、息子としても、夫としても、また父親としても駄目な人間です。そんな人の言葉を真に受けて母をあきらめるわけにはいきません」

「そんなふうに言うもんじゃないわ。あれは防ぎようのない事故だった」

「同じような状況でも、他のお医者さんは事故を起こさないでしょう」

尹博士がいくら説得しても、ヨンスはなかなか父に対する不信の念を払おうとはしなかった。父を信じることは母が死ぬという事実を受け入れることだから、父はまったく信用できない人でなければならない。

尹博士は、まるで幼い姪《めい》っ子にでも言い聞かせるような調子で、静かに語った。

「あの患者は、急性胃潰瘍《かいよう》でお父さんのところに来たの。大きい病院に移すには遅すぎたし、手術は成功だった」

「でも、患者は目を覚まさなかった。肝臓が悪かったんでしょう？　当時、父はその人を治して名医と言われたかったんです。名声に対する欲のために、無理に手術をしたんだわ」

「いや、そのときは肝臓よりも胃のほうが緊急を要すると判断したからよ。その人は、お父さんが手術しなかったら、行き倒れて死んでいたわ。一度も希望を持つ機会がないまま」

それは、ヨンスの聞きたい言葉ではなかった。

「あたしは今、母のことを聞きたいんです。父の意見ではない、おばさんの意見を聞かせて」

「心の準備をしなさい」

「どういう根拠で断言するんですか？」

尹博士までそんなことを言うので、ヨンスは悲惨な気持ちになった。違う、お母さんは大丈夫だと話してほしかったのに。ヨンスは思わずかっとなった。

「手術前には、初期だと言ったじゃないですか。手術したら治るって」

「最初から期待はできなかった。ガン細胞が、リンパ腺からあちこちに転移した状態だった。大きなものだけでも摘出するつもりだったの」

「それで？」

ヨンスはあふれる涙を、意地でもこらえようとしていた。

「手術できなかった。ガン細胞が臓器にからまってて、手のつけようがなかったわ」

「それでどうしたの？」

ヨンスの反問は、次第に憎悪と軽蔑に変わりつつあった。

「何もできなかった。肝臓や胃や肺を、全部切り取ることはできないから」

「でも、手術するべきだったわ。博士が三人も四人もいて、どうしてうちの母一人ぐらい助けられないの！」

ヨンスは狂ったように叫んだ。母がそんなになるまで手をこまぬいていた人たち、ヨンスは彼らすべてに向かって絶叫していた。そしてその憎悪の対象の筆頭に挙げられるべきは、つらいことに自分自身だった。

「信じられない。あたしたち家族が、お母さんがそんなになるまで気づかないはずがないわ。子どもなのに。夫なのに」

「ガンってそういうものなの。見つかるまではわからないし、見つかったときには手遅れ。そういうものなのよ」

「いや、あたしは信じない」

ヨンスは首を強く横に振った。彼女は涙でぐしゃぐしゃになった顔をしきりに横に振り、唇を噛みしめた。

「おばさんも、張おじさんも、お父さんも、みんな欲がないのよ。だからあきらめられるんだわ。あたしは違う、あきらめない」

「あきらめなさい」

尹博士は、きっぱりと言った。ヨンスは反発するように、いっそうきつい口調になった。

「いやよ。どうしてお母さんをあきらめられるっていうの？　おばさんなら、そんなことできる？」

「まわりがあきらめないと、お母さんは余計つらくなるわ」

ヨンスの目に憎しみがこもった。

「お父さんが、あきらめようとおばさんに言ったのね？　正面から立ち向かって闘うよりは、避けるのが得意な人だから、きっとそうだ。あたしはあきらめない。お母さんをあきらめたお父さんを、許さないわ」

「よく聞きなさい。張先生と私はずっと前から駄目だと思っていた。でも、お父さんはたった今、あきらめたところなの」

尹博士は「たった今」という言葉に力をこめた。ヨンスは全身の力が抜けるのを感じた。もう、すべては終わっていた。母についての一抹の可能性も、廃棄処分されてしまっていた。戸惑っているヨンスに、尹博士が言った。

「はっきりさせておくけれど、可能性があるのに放り出したんじゃない。お母さんの苦痛を減らすためにあきらめたの。今、してあげられることは、それしかないから」

自分に残されているのが、母をあきらめることだけだとは。ヨンスは、誰かに心臓をつかまれているように苦しかった。父の言うように、家では何の手伝いもせず仕事が大変だとこぼしてばかりいた娘が、母のためにできることは母をあきらめることだけだった。

「あたし、どうしたらいい？」

ヨンスは途方に暮れた。

「さあ、私ならどうするかな」

尹博士は涙ぐみながら自分を見ているヨンスに向かって、寂しげに笑った。

「うちの両親は交通事故で突然亡くなったの。お葬式のときには実感がわかなかったけど、埋葬して家に帰ってくると、そのときから泣けてきたわ。その状態が一年以上続いた。ご飯を食べていても、仕事をしていても、寝ていても、涙が出た。受けたものは数えきれないのに、何もしてあげられなかった自分が憎くて涙が出た」

尹博士の独白は、しだいにヨンス自身の独白のように思えてきた。尹博士は、誰でも遭遇しなければならない親の死を体験した先輩として、ヨンスが納得できるよう、ゆっくりと諭した。

「ヨンス、あなたが受けただけ、受けたものの一万分の一でも返してあげなさい。できることは全部するの。ご飯も、洗濯もして、顔や手足を洗ってあげなさい。自分が大人だっていうことを見せてあげるの。娘のことを心配したまま、亡くなったりしないように」

「おばさん、あたしね、何もわからない。人は誰でも一度は死ぬのに、うちのお母さんが死ぬとはちっとも思っていなかったし、『娘はみんな泥棒だ』という言葉があるけど、自分がこんなに悪い子だとは知らなかった。今、この瞬間にも、あたしは、お母さんがどれほど苦しいかということより、お母さんがいなくなったら、あたしどうしよう、そんなことばかり考えてるの。お母さんなしにどうやって暮らそうって、それぱかり。ねえ、どうしよう？」

ヨンスはとうとう、泣きだしてしまった。

「あたし、これからどうしよう」

声を上げて泣きじゃくるヨンスの肩をたたいていた尹博士も、声を立てずに泣いていた。

＊

「起きろよ」

酔っ払ってうとうとしていた父は、誰かが揺り起こすので目を開けた。

「誰だ？」

「誰って、チョンスだよ。早く起きて」

チョンスは父のだらしない姿に驚き、見たくないというように顔をしかめていた。酔った父は息子を見て、はっとした。面食らった顔であたりを見回してみると、そこは交番だった。父は、自分がどうしてここに来ているのか、何も思い出せない。

「おまえ、何でここにいる？」

父は酔いの覚めきらない声で、息子を問い詰めた。

「迎えに来たんだよ」

チョンスはあきれ顔で素っ気なく言った。

「早く帰ろう」

チョンスが父の腕を引っ張った。酔っぱらい相手とはいえ、息子は他人のようにつっけんどんだ。思いやりなどちっとも感じられないチョンスが、父は自分を見ているようで憎らしい。

「放せ！」

チョンスをはねのけて椅子から立ち上がった父は、バランスを失って床に倒れた。それでなくともいらいらしていたチョンスが、とうとう怒りを爆発させた。

「何してるんだよ、恥ずかしいったらありゃしない！」

「何、恥ずかしいだと？」

激昂《げきこう》した父の声に、まわりの人たちがちらちらと見て、目配せをしていた。チョンスは周囲の視線を意識しながら、少し態度を和らげて父を助け起こした。

「帰ろう」

「恥ずかしいだと？」

父は、息子の背中をどやしつけながら大声を出した。

「どうして殴るんだよ。お願いだから、おとなしくしてろよ」

チョンスも我慢できずに叫んだ。

「こいつ、誰に向かって命令するんだ」

続いて、後頭部まで殴られたチョンスは、今にも飛びかかりそうな勢いで父をにらみつけた。

「もう、勝手にしろよ！」

チョンスは結局、父を残したまま、飛び出してしまった。

父は気持ちを落ち着かせ、ゆっくり立ち上がって通りに出ると、よろけながらタバコを口にくわえた。

妙なことだ。目に入れても痛くないほどかわいい子どもなのに、そんな気持ちをまったく表せずに叱ったり怒鳴ったりする父。間違った道だと知っていながら、その道を歩き続けている。愛していないのではなく、表現の仕方がわからないのだ。知らないのなら学ぶべきなのに、それが自分の愛の方法なのだろうと思って生きてきた。しかし、そうしている間に、子どもたちとの距離は、ひどく離れてしまった。

病院以外の世界を知らないで生きてきたはずなのに、どうしてこんな、腹をすかせた酔っぱらいになって、道に立っているのだろう。必死で頑張ったわりには何を成し遂げたわけでもなく、良い思い出も残さないまま初老になり、妻が死ぬのを待つだけの、情けない男。交番の前にぼんやり突っ立ったまま、自分の人生を苦い思いで振り返っていた父は、背筋にぞくっとする寒気を覚え、身震いをした。

暗い小道を過ぎて家に向かう父の足取りは、酔いと虚脱感にぐらついていた。ズボンからはみ出したワイシャツの裾に、真っ赤な汁がついていた。さっき酒の肴《さかな》に食べたメウンタン(魚を主材料にした辛い鍋)の汁だ。それを見て、今日のことがぼんやりと思い出された。夕方ヨンスに会った後、一人で酒を飲んだ。帰り道に近所の果物屋に寄って、熟柿とリンゴを買ったまではよかったが、道でよろけて、果物の袋が破れてしまった。真っ暗な坂道を転げ落ちてゆく果物を拾おうとして何度も転び、気がつくと警官がそばに来ていた。いや、立小便をしたのが先だったかもしれない。ともかく、その警官と言い争いになり、交番で眠りこんだ。そしてチョンスが来て……。

再びチョンスのことを考えると、父は恥ずかしさに顔がほてった。あいつも、いつの間にか大人になった。さっき、場所が交番でさえなかったら、親父ひとりぐらい、軽々と背負ってしまいそうな勢いだった。そんな頼もしい息子と、風呂屋すら一緒に行ったことがない。入試に何度も失敗して叱ったけれど、担任の先生の名前も知らなかった。

父は若いとき、思っていた。自分に子どもができたら、思いきりかわいがろうと。父の愛を知らずに育った自分のような気持ちは味わわせたくない、と。それなのに、二人の子どもの父親になった今、自分は、自分の父親よりもずっと駄目な親父になっていた。ヨンスやチョンスが、こんな父親に愛情を感じるはずがない。

父は鉄の門をそっと開けた。妻が入院してからは、家族がそれぞれ鍵を持ち歩くことにしていた。子どもたちも病院や家や職場を駆け回らなければならないし、祖母の世話をするヘルパーの負担を、少しでも軽くしようというつもりだった。そうでもしないと、いくら職業意識に徹したヘルパーでも、手のかかる祖母に愛想をつかして、いつ辞めると言いだすかわからない。

リビングも二階の部屋も、明かりは消えていた。いつもなら、妻がいて洗濯物をたたんだり、アイロンをかけたりする時間だ。妻がそこにそうしていることが、どれほど幸せなことだったのか、そのときにはなぜ気づかなかったのだろう。どうして今頃になって気づくのか。誰もいない奥の部屋は、もう闇に沈んでいた。

家に入った父は、そっと祖母の部屋のドアを開けてみた。タンスから服をいっぱい出している祖母を、ヨンスがしゃがみこんだまま、黙って見ていた。

「おばさん、何してるの？　荷物は詰めないの？」

祖母は、母が入院する前夜に荷物を詰めていたのを真似ているところだった。ヨンスはそんな祖母をぼんやりと眺めている。

「早く行こう。お母さんは、意外に気が短いから、約束に遅れたら大変よ。おばさんも早く荷物を持ちなよ」

祖母は遠足に行く人のように、うれしそうに大きなカバンに服を押しこんだ。

「おばさん、行かないの？　おばさんが道を知ってるんだから、一緒に行かなきゃ。ねえ、行こうよ」

祖母が顔を寄せて言っても、ヨンスは相変わらず反応がない。父はその姿が悲しくて、そっとドアを閉めた。

5章

翌朝、父は病院に着くとすぐに、院長から呼び出された。これまでの雰囲気からすると、来るべきものが来たという予感がしたが、事態は思ったより悪かった。

「丁《チョン》先生が今まで苦労してこられたことはよくわかってますが、どうにも先生の患者が少なくてねえ」

そう言いつつも、若い院長の態度はひどく高圧的だ。いくら小さな病院の人事とはいえ、十年近くこき使った医者に向かって今すぐ辞めろと言う院長の横暴さに、父はひどく傷ついた。飛びかかって横っ面でも張り倒したいのをぐっとこらえ、ようやく口を開いた。

「金《キム》院長……お願いがひとつあります。女房が今にも死にそうなんですが、それまでどうにかなりませんか?」

自尊心も何もかなぐり捨てて頼んでみたものの、若い院長は高圧的な姿勢を崩さなかった。

「大学病院の宋《ソン》博士があさってから来ることになっているので、丁先生の部屋がないんですよ」

父ははらわたが煮えくり返るのをこらえた。定年まであと一年しかない者に対して、これっぽっちの配慮もせず追い出すような薄汚い職場に、未練はない。問題は、死にゆく妻に失業した姿を見せたくないということだ。

「それなら守衛室の横にでも、いさせてください。ひと月だけ、そうさせてください。それ以上は望みません」

だが院長は、その提案まで黙殺した。恥も外聞もなくしがみついた父は、打ちひしがれて院長室を飛び出した。

診察室に戻った父は、歯を食いしばって荷物をまとめた。小さな段ボール箱に、荷物というほどのこともない、わずかな私物を詰めながらも、とうてい気持ちが治まらなかった。父は赤くなった目に力を入れて、こらえた。

そのとき、尹《ユン》博士が父の診察室に入ってきた。

「能力のない人間は、何をしても駄目だね」

父は冗談めかして、平気なふりを装った。

「この荷物、おまえの部屋にちょっと置いといてくれ。何日かだけでいい。かまわないだろう？」

いつの間にか涙ぐんでいた尹博士が、黙ってうなずいた。彼女も最近、とみに涙もろくなっている。

「子どもや女房に合わせる顔がない」

一生を捧げて働いた痕跡が、段ボール箱二つにも満たなかった。父は荷物をまとめる手を止めて、口を開いた。

「なあ」

「……」

「うちには内緒にしてくれ」

「ええ」

職場からお払い箱になり、荷物もまとめたら、それ以上とどまる理由がなくなった。

父は、妻がいる張博士《チャン》の病院に向かった。今日あたり、検査結果が出るはずだ。

「抗ガン剤を使っても苦痛を感じないというのは、体内で役目を果たしていないということだ。普通の人なら、髪が抜けたり吐いたりもしないからうれしいだろうが、医者の立場からすると、そうではない。おまえも知っているだろう」

張博士は、母の抗ガン剤治療を中断するという話をしていた。見た目には大丈夫なようでも、母の症状から見ると、抗ガン剤治療はかえって逆効果になっているという説明だった。父は深い奈落の底に落ちてゆく気分だった。

「検査結果は出たか？」

「白血球がかなり減少している」

「そのまま治療を続けてくれ」

「もう指示した。今晩から中断する」

それを聞いた父は、猛々しい目で張博士をにらみつけた。

「なぜだ。どうして勝手に判断する？」

「昨日、奥さんがめまいがすると言うので、行ってみた。薬が効いたのかと思ったが、違った。軽いが、抗ガン剤によるショック症状だ。もう胃にもかなり転移している」

父は何も言わず、息をついた。

「つまらない未練は捨てろ。今の状態では、ショックのほうが怖い。あさってにでも退院させろ」

張博士の言うとおりにするしかないということを、父は身にしみて感じていた。沈痛な表情で張博士の診察室を出た父は、がっくり肩を落とした。

*

ヨンスは職場に着くと、すぐに特別休暇届を出して病院に駆けつけるつもりだったが、数日間休んでも支障が出ないよう仕事を整理しているうち、夕方近くになってしまった。

重い気分で病院の廊下を歩き、母の病室の前に来たヨンスは、はっとした。母の死が近いという事実を意識すると、病室に足を踏み入れることができない。そのときになってようやく、病室に顔を出さなかった父の気持ちが、少し理解できるような気がした。誰よりも患者たちの死を数多く見てきた父が、死を目前にした妻の病室のドアを開けるのは、どんなに恐ろしく、つらいことだろう。

目を泣きはらしたヨンスは、昨日の昼食以来何も喉を通らなかったために、今にも倒れそうにくらくらした。不安な気持ちで廊下をうろうろしていると、突然、ヨンソクにとても会いたくなった。彼の顔を少しでも見れば、気が鎮まるような気がした。

ヨンスは病院の非常階段に行き、ヨンソクに電話をかけた。呼び出し音が何度も鳴った後に、彼の声が聞こえた。

「やめろ、やめろったら。電話してるときに、そんなことしたら駄目だよ。あっちに行ってなさい」

受話器の向こうから聞こえる、きゃっきゃという笑い声。彼は子どもたちと遊んでいるのか、電話の最中も、くすぐったがっているような、愉快な笑い声を上げた。

「もしもし？」

ヨンソクの声に、胸がじんとした。

「あたし」

「あ、ちょっと待って」

あわてたヨンソクが、妻に叫んでいる声が聞こえた。

「おい、会社から急用の電話だ。書斎で話すから、邪魔しないでくれよ」

どういう状況なのか、察しはついた。すまない気もしたが、今のヨンスには誰よりもヨンソクが必要なのだ。

「今までなぜ連絡しなかった?」

「心配してくれたの?」

「もちろんだ」

「今、母の病院なんだけど。出てこられる?」

長い話もできないので、単刀直入に言った。

「困ったな。家内が帰ってきちゃって」

ヨンソクが困るのはわかっていたが、ヨンスはいつになく執拗に食い下がった。

「ほんのちょっとでいい」

「ごめん、出られない」

「あたし、今、とてもつらいの」

書斎の外から「あなた、ご飯よ」という声が聞こえると、彼は少しいら立った。

「家内がいるときに、無理言うなよ。明日電話する」

電話は一方的に切られた。

ヨンスはしばらく携帯電話を耳につけたまま硬直し、静かに涙を流していた。

*

（まったく運の悪い女だ）

父は病室の中から聞こえてくる、義弟のクンドクの声を聞きながら、妻が哀れになった。

「金は出せないって？」

「ああ、やれないよ」

クンドクの険しい声に続いて、諭すような妻の声が聞こえたかと思うと、皿が割れるような大きな音がした。父は走っていって義弟の顎《あご》でも殴りつけてやりたかったが、こらえた。そんなことをしても、妻の心痛を増すだけだ。

「どうしてだ。俺の女房をこき使っておいて、たった百万ウォンも出せないのか」

「出せないね」

「どうして？　ただでくれって言ってるわけじゃなし、犬みたいにこき使った代価を払えって言ってるんだ」

「おまえなんかに、びた一文もやれないよ」

「何を言う。持ってるくせに。弟をゴミ扱いしやがると、ただじゃすまんぞ。ばちが当たって、そんな病気になったんだ。わかってるのか？」

「あんた、何てことを言うの！」

見かねたクンドクの妻が、割って入ったようだ。

「おまえは黙ってろ！」

「私が罰を受けるって？　私が何をしたって言うの？」

「俺が子どもだと思って、うちの財産を使って亭主の病院を建てただろう。そのくせ、俺が運送業をやるって言ったときは、たった一千万ウォンしかくれなかったじゃないか」

「何を言ってるの。お天道様はご存知だよ。お父さんの財産は、おまえがあれこれ新しい商売を始めるたびに持っていって全部使い果たしたのに、今になって何を言いだすの」

それ以上聞かなくても、状況は明らかだった。義弟はずいぶん以前から、ことあるごとに姉を脅迫してきたのだ。義弟は両親の財産を使い果たし、姉から金をせびっても足りずに、ずっと被害妄想に陥っていた。彼は、義兄が妻の実家の財産で病院を建てたと思いこんでいる。

そう思うと父は失笑を禁じえなかった。妻が嫁に来てすぐ、姑にいびられたのも、妻の実家に財産がなかったからだ。義父が亡くなったときに残したのは家一軒だけだったのに、実情を知らない老母は、嫁の実家に財産があると信じて息子と結婚させた。

老母の期待とは逆に、妻は実家の弟に脛《すね》をかじられながら暮らしてきた。家を売り払ってしまってからは、あんなふうに姉を責め続けている。そんな義弟を、父はまともに取り合おうとはしなかった。

「俺が家の財産を使い果たしただと？　わかった、俺はもうあんたと縁を切った人間だ。もうこれ以上何も言わん。女房を連れて帰るから、そのつもりでいろ」

「やめて！　お義姉さんは病気なのよ。ずっと世話になってたから恩返しをしなきゃ」

「何の世話になったってんだ？」

「何だかんだと理由をつけて、五百万ウォンとか一千万ウォンとか、もらったじゃないの」

「うるさい！　さっさとついて来い」

椅子の倒れる音に続いて、義妹の鋭い悲鳴が聞こえた。こんな騒ぎは、今に始まったことではない。

父は義弟をなだめてみたり、何とか諭そうともしてみたが、今ではお互いに顔を見ないのがいちばんだと思っていた。それでも妻が弟と連絡を保っているのを見るたび、怒りがこみ上げたものだ。それで何度も大声を出したこともあったが、妻が弟を見捨てることはなかった。

病室の騒ぎに、父はじりじりとしていたが、姉弟の間に割って入ることもできない。クンドクに対する父の態度が冷たいのを、妻はいつも不満に思っていた。今のような状況においても妻は、父が割りこむのを決して望まないだろう。

病室の外であれこれ気をもんでいた父が、我慢しきれなくなって中に入ろうとしたときだ。

「これをやるから、あんたの嫁さんは置いて行きなさい」

妻の沈んだ声と共に、何かが床に落ちる気配がした。

「駄目よ、それはお義姉さんの入院費用じゃないの。よこしなさい！」

義妹の泣き声を後にして、クンドクが外に飛び出してきた。

「また博打《ばくち》に行くんだろう。この野郎、あたしが手首を切り落としてやる」

クンドクは、金の入った封筒を奪われまいとあわてるあまり、廊下にいた父にも気づかなかったらしい。あまりのすばしこさに、父は追いかけることもできなかった。

「誰に似て、あんなに恥知らずなんだろう。お義兄さんに知れたらどうしよう。また大騒ぎになるわ」

「金をやったからといって、うちの人が私を殺すわけじゃなし。ああ、私は不幸な星の下に生まれたのね。たったの数百万ウォンも、思うようにならない」

父が入ってきたとき、母は窓の外を見ながらため息をついていた。鼻をすすり上げながら、散らかった床を片付けていたクンドクの妻は、父を見ると驚きのあまり、しゃっくりまでしながらあわてふためいた。

「入院費用をやったのか？」

クンドクの妻が席をはずした隙に、父が同情するような目つきで、妻に聞いた。

「そうよ、やったわよ。私があれしきのお金を勝手に使っちゃ駄目だって言うの？」

こんな事件が起こるたびに怒り狂う父の性格を知っているので、母は予防線を張ってすっとぼけた。

「贅沢《ぜいたく》はさせてくれなくとも、女房がお腹を切ったら、二日に一回ぐらいは見に来るべきじゃない？　みんな、どうしてそんなに薄情なの。娘や息子を育てたって、亭主がいたって、何にもならないわね。他人の目に、私はいったいどんなふうに見えると思う？　家を追い出された、気の荒い初老の女ってとこ？　ひどい人たち。私をこき使うことしか考えてないんだから、まったく」

母の嘆きが胸に刺さって、父は、つい声を荒らげてしまった。

「うるさい！」

すると、今度は母がけんか腰になった。

「怒鳴りたきゃ、怒鳴りなさいよ！　それで私が怖がるとでも思ってるの？　もしあなたが入院して、私がおんなじことをしたら、あなたはどれだけ文句を言うか」

病院に一人でいる間に、ひどく気分を害していたらしく、母の怒りは容易に収まりそうもなかった。父は申し訳なさに、何も言えなくなった。子どものようにふくれっつらをしている母を悲しげに眺めながら、口を開いた。

「もうよせ。金はあるのか？　あさって退院するぞ」

「私がうちの財布のヒモを握ってるんだから、それぐらいはあるわよ」

母の口調はトーンダウンした。内心、弟に金をせびられた件は無事にやり過ごせて、幸運だったと思っているらしい。それでも父に面目なくて、何日かはしょげ返っているような人なのだ。

「それならいい」

父の優しい口調に、母は心配事がひとつ片付いたという表情をした。

そのとき、看護師が薬の袋を持って入ってきた。しかし袋を受け取って薬をのもうとした母は、ふと錠剤を手のひらに載せると、何を思ったのか、数を数えだした。

「変だわ。赤いのが二つ足りない」

抗ガン剤がないのに気づいたのだ。

「これ、ほかの人のじゃない？」

母がいぶかしげに父を見た。父は知っていながら、母が手にしている錠剤を確認した。

「ちょっと見せてみろ」

母の薬に間違いない。

「これでいいんだ」

父の言うことなら何でも無条件に信じる母が、今度ばかりは聞かなかった。

「取り替えてくる。私の薬じゃないわ」

ベッドから下りて出てゆこうとする母を、父が引き止めた。

「おい、どこへ行く？」

「赤いのが抗ガン剤でしょう？　それがないのに、何で私の薬なの？　今朝も赤いのあったし」

「そうよ、あったわ」

いつの間に戻ってきたのか、クンドクの妻が母の味方についた。父は、普段はほとんど文句を言わない母が、薬のことに限って神経をとがらせるのを見ると、胸がじんとした。

父は、振り返りもせずに出てゆこうとする母を捕まえ、優しく言い聞かせた。

「いや、それでいいんだ。俺は医者なんだから、信じろよ」

「違うってば。看護師さんが忙しくて薬を間違えることだってよくあるのよ。それに、自分の薬はよく知ってるもの」

「俺が頼んだんだ」

父はついに嘘をついてしまった。母は訳がわからないので、目を丸くして父を見つめた。

「あの薬で副作用があったんだろう？　やめてくれって、俺が頼んだ」

「頭がどうかしたの？　それなら、点滴もあなたがやめさせたの？」

母は、あきれて言葉が出ないという表情だ。ガン患者に抗ガン剤をくれないなんて、変な病院だわ。沈痛な表情でうなずく父を、母はいらいらして、にらんだ。

「つらくても、薬をのまなきゃ治らないじゃない。医者のくせにいったい……。どいてよ、薬もらってくる」

母は父を押しのけて、廊下に出てしまった。そんな母を眺めていた父も、後を追った。

「ねえ、看護師さん。私、張先生の患者なんだけど。うちの人が、副作用がつらいだろうって、今までのんでいた薬を出さないように頼んだらしいのよ」

ナースステーションに駆けつけた母は、看護師の一人を捕まえて事情を説明しだした。

「ほら、あの、赤いカプセルに入ったの。抗ガン剤。あれを二つください」

「薬は中止になってますね」

今まで一度もガンという言葉を口にしなかった母が、カルテを見ながら無心に答える看護師に向かって、申し訳なさそうな顔をしながら訴えていた。母は、薬をもらうまで引き下がりそうにはなかった。

「わかってるわ。うちの人と張先生は友達だから、私がつらいだろうと言って、やめてもらったらしいの。でも私、大丈夫だから、あの薬ちょうだい。男っていらないところで気を利かしてくれるのよねえ。あんな大事な薬、一回でも欠かしたらいけないでしょう？」

母の哀願は、だんだん痛切になってきた。看護師は困った顔をして黙っていた。

父は母の腕をつかんで、思わず声を上げた。

「もうよせ！」

母は自分の気持ちも知らない父が憎らしくて、腕を振り払った。

「放して！　私は焦ってるのに、どうして、余計なことをするの。ほんとに、年を取れば取るほど私を困らせるんだから。一日も早く治らなきゃならないのよ！　家に帰りたいの！」

母は涙ぐんだ目で、父をにらみつけた。父は何も言えずに深い息をした。当惑して目をそらす父を見て、ちょうど通りがかった婦長が、父に気づいて挨拶をした。

何か感づいたようだ。

「どうかなさいましたか？」

婦長が父と母を交互に見ながら尋ねた。

「ああ、婦長さん。うちの人、知ってるでしょう？」

喜んだ母が、親しげに話しかけた。

「ええ、知ってますとも」

「あの薬、赤いカプセル、私、あれをもらってないんだけど」

「ああ、はい。もう大丈夫なんですか？」

母はようやく自分を理解してくれる人が現れたので、元気を取り戻した。

「ええ、大丈夫。あの薬、もらえるわよね？」

「はい。ちょっとお待ちください」

婦長はおおよその状況を把握したらしく、そう答えると調剤室に入っていった。母は意気揚々とその姿を見つめ、安心したようだ。

少しすると婦長が戻ってきて、母に赤いカプセルを二つくれた。

「これですね?」

「そう。どうもありがとう」

母は赤くなった顔でカプセルを受け取ると、薬を奪われまいとするかのように、父には見向きもせずにさっさと病室に帰ってしまった。

「栄養剤ですわ」

ぼうぜんと母の後ろ姿を見ている父に、婦長は寂しく微笑みながら言った。

*

明日は退院だ。ヨンスは、チョンスにすべての事実を話そうと決心した。今まで黙っていたけれど尹博士の言うとおり、隠し通すのは、母のためにも弟のためにも良いことではない。

「お姉ちゃんがビールをご馳走してくれるなんて、いったいどういう風の吹き回し?」

約束の時間にビヤホールに現れたチョンスは、先に来て待っていたヨンスにいやみを言った。

どこから話せばいいのだろう。ヨンスは複雑な気持ちだった。

チョンスは母がガンだということを知らない。母が入院したのも簡単な婦人科の手術を受けるためだと思っている。末っ子だからか、その程度でもチョンスはかなり不安がった。そんな弟が事実を知ったら、どんなにショックを受けるだろう。ヨンスは話す前から、喉が詰まった。

「チョンス、落ち着いて聞いてね」

ヨンスはからっぽのグラスにビールを注ぎながら、じっと弟の顔を見た。

「何だよ？　緊張するな」

グラスのビールを一気に飲み干したチョンスが、いたずらっぽく言った。二十一歳とはいえ、弟はまだ子どもだ。

ヨンスはもう三杯目のビールを飲んでいた。酒の力を借りてでも落ち着いて話したかったのに、ちっとも酔えない。

「言えよ。お姉ちゃん、何か悩みでもあるの？」

「そんなんじゃなくて」

「じゃ何だよ？　何でそんな顔してるんだ？」

「お母さんのこと」

チョンスの顔から笑みが消えた。

「何？　早く話してよ」

チョンスも尋常ではないことだと悟ったらしく、姉をせかした。ヨンスはしばらくうなだれていた。弟の顔をまっすぐ見て話すことができなかった。

「いったい何なんだよ？」

姉がなかなか話そうとしないので、不安になったチョンスは、神経をとがらせた。

「チョンス。お母さん、長く生きられない」

「どういうこと？」

ヨンスは震えているチョンスの顔を見られず、グラスに残ったビールをひと息に飲み干した。

「お姉ちゃん！」

「ガンなの。それも……末期だって」

「お母さんが？」

チョンスが、グラスをがちゃんとテーブルに置きながら叫んだ。ヨンスは目を赤くしてうなずいた。青ざめたチョンスが立ち上がった。

「誰が言ったの？　どうしてお母さんが死ぬんだよ！」

チョンスは周囲の視線など気にもかけず、大声を上げた。

「いつわかった？　お姉ちゃんはいつから知ってるんだよ？　僕だけ、僕だけ知らされてなかったのか？」

ヨンスは黙ってグラスを見つめている。

チョンスの声が、いっそう荒々しくなった。

「そうなのか？」

「お母さんも知らないの」

ヨンスが唇を噛みつつ顔をそむけた瞬間、チョンスは席を蹴って外に飛び出した。

「チョンス！」

あわてたヨンスは追いかけていって、チョンスの腰にしがみついた。

「よしなさい。お母さんのためにも、落ち着きなさい」

ヨンスはとうとう泣きだしてしまった。チョンスは拳を握りしめたまま震えている。

「放せ！」

「あんたを悲しませようと思って言ったんじゃないのよ」

チョンスは、後ろから抱きついている姉のほうに向き直り、涙をぽたぽた落としながら姉の肩を揺さぶった。

「お姉ちゃんにはわからないんだよ。お姉ちゃんは現役で一流大学に合格したし、就職もして、お母さんにお小遣いもあげたじゃないか。僕はどうだ。何もしたことがない。勉強すると偉そうに言っておきながら、毎日酒を飲むところしか、お母さんに見せてないんだぞ」

泣きそうな顔でようやくそれだけしゃべったチョンスは、悶《もだ》えるように泣き始めた。

「僕はこのままお母さんを死なせるわけにはいかないんだよ。お姉ちゃんはよくても、僕はできない」

「チョンス、落ち着いて」

ヨンスは興奮して荒れ狂う弟にしがみついた。

「放せ！」

チョンスは、涙でぐしゃぐしゃになった顔を手で押さえて、泣きじゃくった。ヨンスも弟にしがみついたまま、こらえていた涙を流した。

「やめよう、チョンス。落ち着こう」

「放せったら！」

「これ以上、お母さんに負担をかけるのはやめよう」

自分を力の限り抱きしめて絶叫する姉に、チョンスはとうとう、その場にくずおれてしまった。

「何で、何でお母さんが死ななきゃならないって？　ほかの人は八十まで生きるのに、殺人犯だって、のうのうと生き延びたりするのに、うちのお母さんが、どうしてこんなに早く死ぬんだよ、どうして？」

チョンスは鬱憤《うっぷん》をぶちまけるように拳で地面を殴りながら泣き叫んだ。チョンスを抱きかかえて歯を食いしばっているヨンスも、どうしてうちのお母さんが死ななければならないのか、天に向かって尋ねたかった。

＊

「気を遣うべきときには気を遣わないくせに。憎たらしい人。女房を見舞うのに、ジュース一本持ってきやしない。私が元気にさえなったら、懲らしめてやる」

退院の日、母は入院最後の食事を、大きな口を開いて食べながらつぶやいた。食欲があるのではない。家に帰るための体力を養うために、できるだけ食べようとしていた。口ではぶつぶつ言っていても、母は家に帰るのがうれしいらしく、少し元気を取り戻していた。

母が帰っていちばん喜んだのは祖母だった。今まで、母が逃げたのだと思っていた祖母は、母が戻ると、そわそわして興奮を隠せなかった。だが母は、祖母と遊んでやるだけの気力もなく、着いた早々、深く眠りこんでしまった。祖母は母の寝ている部屋のドアの前に陣取って、目を光らせた。

「悪い女だ！　今度逃げたら、あたしが脚をへし折ってやる」

しばらく見えなかった母を憎みながらも、帰ってきてくれたのがひどくうれしいらしく、怒りの眼差しに、いくらか安堵《あんど》の色が混じっていた。

父は、そんな老母の姿を悲しげに眺めた後、家を出た。母が待ち望んでいた新居が、ついに完成したという連絡を受けたのである。

一山《イルサン》行きのバスの中で、父はあれこれ思いにふけった。忙しいと言って一度も工事現場を訪れない自分に代わり、妻が一人で奔走して完成した家だ。そんな妻を思うと、たまらなかった。それほど一所懸命建てた家に住むこともできず、この世を去る運命だなどとは、妻は想像もしていなかったに違いない。数年、たった数年、いや数カ月でいいから、妻と新居で暮らすことができたなら。そうすることさえできたなら、妻をこんな残酷な運命に陥れた天を、これ以上恨みはしないだろうと思った。

現場の所長の案内で新居を見物していると、父はいっそう複雑な気持ちになった。

「奥様のご希望どおりにできてますよ。細かいところまで気のつく方なので、私どもも、ずいぶん気を遣いました」

所長の言葉は、まんざら嘘ではないようだ。家の内外のあちこちに、妻の厳しい注文が行き渡って、すべてが妻の好みに合っていた。

家の構造はもちろんのこと、窓枠や床の工事に至るまで、手を抜いたところは見当たらなかった。室内は家具ひとつなくがらんとしていたが、それなりにきちんとしていた。

父は何もないリビングを横切り、バスルームのドアを開けてみた。妻は、こぎれいに敷かれたタイルの床の色に合うよう、浴槽や洗面台の色まで自分で選んだようだ。

奥の間に入った父は、いつか妻が言っていた言葉を思い出して、胸にこみ上げるものがあった。

(新しい家を建てたら、部屋の窓の外に大きなベランダを造って、花を植えるの。そこに小さなテーブルを置いて、あなたとお茶を飲んだり、花を眺めたりするのよ。朝晩に太陽や月も眺めて)

その言葉どおり、窓の外に広いベランダが造られていた。父はベランダに出て、しばらく凍りついたように立っていた。見晴らしのいいベランダの下に湖が見えた。おそらく妻はこの窓際に立って、胸を高鳴らせながら未来を設計していたのだろう。新しい日々、新しい時間を夢見て幸福に浸っていただろう。

妻は時折、老後の夢を語った。新居に引っ越したら、これ以上欲は出さないで、郊外に住む平凡な老夫婦として、昔話などしながら暮らそう、と。だがもう、その夢がかなえられることはない。

父はふと、その夢を実現できないつらさは、自分も妻と同じくらい切実だと思った。妻は死ねばそれで終わりだが、この部屋に一人残されてあの湖を見下ろさなければならない自分は、わびしいことこの上ない。妻がいないのに、絵のように美しい新居も、どんな意味があるというのか。このがらんとした空間のように空虚な自分の将来が、目に見えるようだ。

家の周囲には、資材のクズやゴミが散乱していた。妻が見たら、きっと顔をしかめるだろう。

父は外に出てそれを一つ一つ拾い、一カ所に集めた。それほど多いとは思わなかったが、いざ片付け始めると、かなりの量だった。

いつしか日は傾き始め、ゴミはいくら片付けてもきりがなかった。父は上着を脱いで、必死に石ころや資材のクズ、細かいゴミなどを片付けた。

これからひと月、一週間、あるいはせめて一日だけでもここで妻と一緒に暮らすことができるだろう。ゴミの山を片付けて家の中に入った父は、今度は箒《ほうき》と雑巾を手にした。父は、後で誰かにやらせればいいからといって止める所長を帰らせ、浴室の掃除までやってのけた。いつも洗剤の泡をつけたブラシで浴室の床や壁のあちこちをごしごし洗っていた妻の姿を思い浮かべつつ、父は一度もしたことのない作業を、心をこめてやった。

そうして二時間が過ぎ、掃除がだいたい終わると家の中は結構きれいになった。浴室のタイルもぴかぴかになり、浴槽や洗面台もすっきりした。

父はきれいになった浴室で、鏡をそっとのぞきこんだ。そこには、初老の男がぎこちなく立っていた。しばらく鏡を見つめていた父は、ふと妻の名を呼んでみた。

「イニ」

妻の名を口にしたのは、いったい何年ぶりだろう。

鏡の中の父はすすり泣き始めた。

「イニ、死ぬなよ」

父はついにうなだれて嗚咽《おえつ》しながら涙を流した。

*

夜遅くくたくたに疲れて家の門をくぐった父は、庭の片隅で自分を待っているチョンスに出くわした。

「お父さん、僕にお酒をおごってよ」

チョンスはすでに、少し酔っているらしい。乱れた髪をかき上げながら父を見る目が、潤んでいる。その理由を、父は知っていた。

「あの下の屋台に行ってなさい。すぐ行くから」

チョンスは黙って門のほうに歩いていった。ふらついている後ろ姿を眺める父の表情は、複雑だった。

「親子がわざわざ外で飲むって、どんな秘密の話があるのよ？」

一日中家にいなかったのに、帰ってきてまたすぐに出てゆこうとする父を力なく眺めていた母が、軽くなじった。父は直感的に、母がすでに肉体的な苦痛にさいなまれていることがわかった。それは、壁にもたれて自分を見ている母の顔にも表れていた。

「ねえ、あなた、どうしよう。私、ずっと痛いの。腕やら脚やら、あちこちによく痣《あざ》もできるし」

ところどころ青痣のできた脚を見せながら、母が悲しそうな目で父を見上げた。

「ほら、これ。ぶつけた覚えもないのに」

父は母が怖がらないよう、落ち着いているふりをした。

「痛み止めをのみなさい」

「のんでも変わらないの」

母は、駄々をこねているみたいで気が引けるのか、うなだれて床を手でこすっていた。

父はその姿から目をそらしつつ、なだめるように言った。

「後で注射をしよう。薬をのむより注射のほうが効き目が早い。ちょっと出かけてくるよ」

父は痛くても大騒ぎできずに、一人でじっとこらえている妻を見ると、胸が張り裂けそうだった。死ぬのは仕方ないとしても、苦痛を感じないようにできれば多少は気が楽だが、不幸なことにガンという病気は、最後の瞬間まで患者を苦しめる。患者が自分の命をあきらめるまで、決してその執拗な攻撃を緩めようとしないのが、ガン細胞というものなのだ。

父はひどい無力感を感じながら家を出た。屋台に向かう足取りが、鉛のように重い。

屋台の幕を上げて入ってみると、チョンスは隅っこに座って、一人で酒を飲んでいた。親子で酒を飲むのは初めてのことだ。

ぎこちない手つきで酒をちびちびなめていたチョンスが、泣きはらした目で父を見つめた。

「お父さん、お母さんのことだけど」

父は黙って息子の目を見た。

「僕の発表の日まで、生かしておくことはできない？」

大学の合格発表までは、あとひと月以上もある。生きているかどうかは何とも言えない。涙を流して哀願する息子の前で、父は罪人のようにうなだれた。

「お父さんは医者じゃないか。駄目なら、せめて植物人間の状態ででも……呼吸だけでも続けさせておいてくれない？　僕がお父さんに似て、あんまり欲がないのは知ってるだろう？　でも今度だけは、お願いだから、合格発表まで何とかしてくれよ」

父は息子の頼みに、はっきり答えることができなかった。そんな父に物足りないというように、チョンスは手の甲で涙をぬぐいつつ、言葉を続けた。

「僕ね、たった一度だけお母さんを喜ばせてあげたいんだ。お母さんがこのまま死んだら、僕は土に埋めないからね」

父は息子の顔を見られずに、宙を眺めた。

「今度は自信がある。前みたいな嘘じゃないよ。今度は確かなんだ。去年より二十点も点数が高かったし、予備校の先生も、今回は合格圏内だって言ってくれた。お父さんは、僕の言うことは何も信じてくれないけど、今度は嘘じゃない」

「ああ」

「本当なんだ」

「信じる」

父は興奮した声で訴える息子に、うなずいて見せた。

「僕、大学に入ったらアルバイトする」

チョンスは泣き顔になっていた。

「お酒も飲まない。勉強もちゃんとするよ。奨学金で通うつもりなんだ」

父は息子の奇特な決心に、うなずきながら微笑んだ。チョンスは、母のことは何も言わずにうなずいてばかりの父を見て不安になったのか、切羽詰まったように訴えた。

「お父さん、一回だけチャンスをくれないか」

「なあ、チョンス」

「お父さん、僕、このままお母さんが死んじゃ困るんだ。申し訳なくて、たまらない。いやだ、このままじゃいやだ。すまなくて、申し訳なくて、いやだ。僕も一度だけでも、何かしてあげたい。一度だけでも、お母さんを喜ばせたいんだ。だから、お父さん……」

父はすすり泣く息子の頭を抱き寄せた。こみ上げてくる涙を、父は必死でこらえていた。

*

父はいつもと同じ出勤時間に家を出た。病院を辞めたということを、家族の誰にも話していない。朝、病院に出勤するふりをして出かけて街をうろうろしながら、父は一日に三度ずつ電話をして母の病状をチェックした。

ヨンスはさらに何日か休みを取って家事を片付けていた。母の状態が良くないことがわかってからは、チョンスもなるべく外出を控えて家で過ごす日が多くなった。

表面上は平穏な毎日が続いていた。昼間は祖母がソファで猫のように丸くなって昼寝をし、母はその前で座って家事をするヨンスをうれしそうに眺めていた。そんなとき、チョンスはキッチンのテーブルやリビングの窓際から、つらそうな眼差しでちらちらと母を見たりしていた。母は気力が衰えはしたものの、家族の前で苦痛を訴えることはめったになかった。そのせいか、いくぶんはゆったりと平和な雰囲気が続いていた。

そんなある日、醤油や味噌の甕《かめ》を置いてある庭の片隅に出ていったクンドクの妻が、大騒ぎしながら家に入ってきた。

「きゃあ、何、これ！」

何かにつけ大げさにふるまう叔母の性格をよく知っているヨンスは、またかと思いながらアイロンをかけ続けた。母のしていた家事をやってみて、ヨンスは改めてその大変さを知った。一人でどうやってこんなたくさんの仕事をしていたのかと思うほど、洗濯物は毎日大量に出た。少し時間がたてば、洗うべき食器が山のように積み重なり、三度の食事を作るのも、かなり面倒なことだった。今日中にアイロンをかけなければならない服だけでも、ずいぶんたまっていた。

「おやまあ。お義姉さん、『主婦が病気になれば、まず味噌の味が変わる』っていうけど、この真冬にコチュジャンもお味噌も、お醤油まで全部白いカビが生えて、蛆虫《うじむし》の乾いた死骸がいっぱいついちゃったわ」

ソファに寝ていた母が、急いで身を起こした。

「どういうこと？」

驚いた母は、義妹が持ってきたコチュジャンの器をのぞきこんだ。

「ほら。カビのないところからすくってきたんだけど、味が変よ」

指にコチュジャンをつけてなめてみた母の顔が、泣き顔になった。

「あらあら。どうしたのかしら。三十年以上、お味噌を作って、いっぺんもこんなことはなかったのに。入院前は何ともなかったのに。どうしたんだろう」

母は悔しさに舌打ちをしながら、甕の置いてあるところに向かった。ヨンスは母の後ろ姿を切ない思いで見つめた。病人の前で軽はずみな言動をする叔母が憎いのではなく、つまらない迷信を無視できない母が、哀れだった。

ヨンスは、キッチンのテーブルの前にいた弟が、こわばった表情で自分の部屋に上がっていくのを意識しながら、アイロンがけに熱中した。

「霜が下りたように、白カビがいっぱいついてるの。ほんとよ、お義姉さん」

クンドクの妻が、母の後を追いながら騒いでいた。

味噌のふたを開けた母は、目を丸くした。小麦粉をまぶしたように、真っ白なカビが甕の中いっぱいに生えていた。コチュジャンの甕も同様だった。

「お義姉さん、ひょっとして、病気が重くなったんじゃない？　主婦が病気になると、煮え立った醤油も一瞬にして冷めるって言うわ」

その言葉に、母はしばらく目がくらくらしているようだった。背後でその様子を見ていたヨンスは、肩を落とした。

母は、何か不吉なものを見るように、甕を置いた台から一歩後ずさりした。

「こんなこと、めったにないよねえ、お義姉さん」

クンドクの妻の軽率なふるまいは、リビングに入ってからも続いたが、ヨンスは知らないふりをして、アイロンをかけた服を奥の部屋に持っていった。母が後ろからヨンスを呼び止めた。

「ヨンス。お父さんのは置いときなさい。お母さんがやるから」

「今日はあたしがやるわ」

奥の部屋に入ってみると、布団が敷きっぱなしだった。ヨンスはまず布団をたたんで片付け、小さな敷布団と掛け布団を出した。母が寝るのに便利なように片隅に布団を敷いておいてから、クローゼットのドアを開けた。

ヨンスは、衝撃に身を震わせた。引き出しの中には、アイロンのかかった父のワイシャツがきっちりたたまれて積み重なっており、クローゼットにも洋服がきれいに並べてつるしてあった。その几帳面で、心のこもった片付け方。ヨンスはこんなふうに完璧に整理されたクローゼットを、どこかで見たと思った。クローゼットのドアの内側に並べられた六、七本のネクタイのうち、いくつかは結び目が作ってあった。それを見たヨンスは、思わずその場にへたりこんでしまった。

知らなかった。今まで考えてみたこともなかった。母はただ母であり、祖母の嫁であり、無愛想な父の世話をする妻であると思っていた。しかし、その部屋で突然、数日前にヨンソクの家で見た写真に写っていた彼の妻が思い出された。男と女、いや妻と夫というのは、こういうことだったのだ。妻の思いやりが一つ一つ集まって完成するのが男であり、夫なのだ。

ヨンスはようやく気づいた。これまで素敵だと思っていたヨンソクのすべては、彼の妻の手によってつくり上げられた、ひとつの作品にすぎなかったことを。

偶然にもその日の夕方、ヨンソクから電話があった。ヨンスはふと、自分にとってヨンソクは何だろうと考えた。彼は、疲れきったヨンスの力になってくれないどころか、いっそう疲れさせる。本当に頼りたいときに頼ることができないから、寂しさや背信感で、ヨンスはいっそう疲れた。

昼間に感じた戦慄《せんりつ》と当惑を、ヨンスは忘れることができなかった。世の中でいちばん愛している母と、彼の妻が重なって見えるなど、思ってもみなかったことだ。ヨンスは、この恋を続けてゆく自信がなくなった。彼との別れを思い浮かべただけで、胸が痛み始めた。

家の前まで迎えに来たヨンソクは、ヨンスを車に乗せ、黙って漢江《ハンガン》に向かった。冬の夕暮れの漢江は物寂しい。ヨンソクの車が川辺に止まっても、二人はしばらく口を開かなかった。

「お母さんがそんなに悪いとは知らなかった。知ってたら、あの日、何があっても出かけたのに」

固い表情でタバコをふかしていたヨンソクが、口火を切った。

「もう会わないことにしましょう」

ヨンスは、気を引き締めて言った。ヨンソクの目が、戸惑ったように揺れた。ヨンスは闇の向こうに横たわっている川をしばらく眺めてから、言おうと思っていた言葉を、口にした。

「毎日、あたしと一緒にご飯を食べられる？　あたしの買ったネクタイを堂々と締めたり、真っ暗な非常口以外のところで抱いたりできる？　人目を気にせずにあたしと並んで歩いてもいいの？　ねえ、そんなことができる？」

密かに抱いていた望み。その不文律のタブーを、ヨンスは一つずつ挙げた。

「恋愛にも公式があるということが、今日、わかったの。独身の女は独身の男とつき合うこと。妻のある人は、家庭を大事にすること」

ヨンソクの首が、力なくうなだれた。静かに彼を見つめるヨンスの目に、涙が光った。

「今日、母を見てて、あなたの奥さんのことを思ったの。あたし、幸せになる。いい人に出会って、うちのお母さんみたいに、あなたの奥さんみたいに、正直に生きるの。ほかの人に自慢できるような恋愛をするわ。そうして、うちの夫は寝相が悪いとか、あたしがいないと靴下がどこにあるかもわからないとか、顔を洗ったら服をびしょびしょにしちゃうとか、そんな人だけど、ずっと顔を見ていたい、とか言いながら……」

ヨンソクは、ヨンスが呪文のように唱える言葉が、一つ一つ胸にこたえた。そしてタバコの煙をゆっくりと吐いた。

「もう少し早く出会えたら……よかったのにな」

ヨンスは涙ぐんでいるヨンソクを、つらそうに見ていた。

「あたしたちの縁は、これだけのものだったのね」

ヨンスの頬を涙がつたった。いよいよ、本当に別れるのだ。ヨンスは、川を見ることができてよかった、正面から向かい合わずに別れを告げられてよかったと思った。深い闇に沈んだ川の水のように沈んでゆく気持ちを、ヨンスは懸命に奮い立たせようとした。

十年か二十年ののち、双方が、今日この川辺に来たのは正解だった、あれは正しい選択だった、胸いっぱいの愛だけでじゅうぶんだった、と思えるようになっていたい。後悔のない恋だったから、ヨンスは今日のこのつらい決心を、すんなり受け入れていた。

*

数日後、例年より少し遅い初雪が舞い、まるでそれを待っていたかのように、母の痛みが本格的に始まった。

夕方、お腹が気持ち悪いと言っていた母が、真夜中に這うようにしてトイレに行った。

家族が寝静まっている時刻、母は便座にしがみついて嘔吐《おうと》していた。腹の下のほうから喉にこみ上げてくる鋭い痛みと共に、苦い液体があふれ出した。手術が終わり、抗ガン剤もきちんとのんでいるから、もう大丈夫だと信じていた母は、黄色い吐瀉物《としゃぶつ》を見て恐ろしくなった。

「あなた」

うめくように父を呼んだ。口のまわりには、血がにじみ出していた。トイレの床に座りこんだ母の唇の間から血が流れ、首をつたって流れた。母は、自分の口から血が出ているのに気づかなかった。嘔吐に加え、全身を貫く悪寒《おかん》。母は痛みよりも恐怖で、心臓を締めつけられるようだった。

「あなた」

父が起きたのは、午前二時頃だった。どこからか聞こえるうめき声に、ふと目が覚めたのだ。

「あなた……」

母の声は次第に小さくなっていった。父ははっと起きてあたりを見回したが、母の姿が見えない。父はあわてて部屋を飛び出し、トイレに駆けつけた。

母は、トイレの床に座りこんで体をかがめたまま、全身を震わせていた。父は悪い予感がして、感電したようにその場に立ちすくんだ。そっと近づいて母の体を起こすと、冷汗にぐっしょり濡れ、口から血が流れている。

「大丈夫か？」

父は震える手で、母の頬をなでた。ふらふらしていた母が、「うっ」と言って血の塊を吐き出した。一瞬にして四方に飛び散った血が、父の手と服を真っ赤に染めた。

「おい！」

父は、天が崩れるような気持ちで叫んだ。母は、血だらけの顔を父の胸に埋めて尋ねた。

「私、どうなってるの。手術したのに、どうしてこんな……」

母は全身を震わせた。父は涙をぽとぽと落としながら、母を抱いて必死で背中をなでた。この女の心と体がこんなに震えているのに、自分はただ背中をなでることしかできない。しかし、その苦痛は、手でなでたからといって弱まるはずがなかった。

「あなた、どうして私、こんなななの？」

母は足をばたつかせた。父は胸が張り裂けるつらさに、うなるばかりだった。

「私、死ぬんだわ。そうなのね？　治らないんでしょう？」

母は必死で顔を上げて、父の目を見ようとした。父はそんな母の目を見ることができず、ただいっそう強く抱きしめるばかりだった。

「ねえ、私、どうなってるの？　痛い」

嘔吐と悪寒、口から流れ落ちる血の塊に驚いた母が、今度は自分の姿を鏡で見て、腰を抜かした。

「お味噌もコチュジャンも腐ったし……私、死ぬのね？」

とうとう母は、声を上げて泣きだした。死にゆく初老の女の絶叫が、静寂に包まれていた家の中に響き渡り、眠っていた姉と弟が、それぞれの部屋を飛び出して駆け下りてきた。

「お母さん！」

座りこんで泣きじゃくっている血まみれの母を見たチョンスが、仰天して叫んだ。

父の胸に抱かれて泣いていた母が顔を上げた。顔も血だらけになっていた。

「チョンス！」

チョンスは、走りよって母の顔を抱いた。

「お母さん！　お母さん！　お母さん！　お母さん！」

チョンスは恐ろしさに泣きだした。

母を抱いたまま、獣が吠えるような声を上げて泣いている父と、驚いて泣きじゃくっているチョンスの背後で、ヨンスはただ茫然自失していた。

章
9

母は、少しずつ自分の首を締めつけている死の影を見た。誰かが教えてくれたのではない。それは、彼女の命が本能的に持っている、ある予感のようなものだった。

昼間、庭の椅子に座って冬の日差しを浴びているとき、母は刻々と曇ってくる自分の命の影を感じた。夜遅く寝ていても、誰かが遠くから、自分の名をささやくように呼んでいるような気がした。

最初、それはぞっとするような不快な誘惑だった。見まいとしても目に入る手招き、耳をふさいでも聞こえる内緒話、不快な気配、あるいは拒むことのできぬ身ぶりとして、母の傍らに近づいていた。

それは体にも感じられた。じっと座っていても、吐き気がしてトイレに走ると、喉からあふれ出す赤い血。頻繁に起きる、全身を引き裂かれるような痛み。すべてのものが、彼女をこの世からあの世へと、押し出しつつあった。

冬の雨がしとしと降る夜には、黒いマントを来た男が窓の外に来て、ドアをノックしているような気がした。死は四方から、早くおいでと手招きをしているのに、母はまだ旅立つ準備ができていない。

根を切られた花のごとく次第にしおれてゆく母が、久しぶりに凛《りん》とした表情を取り戻した。母はゆっくり体を起こし、家の中を見回した。長い間、客地をさまよってやっと帰ってきた女性のように、母は懐かしそうな眼差しで家のあちらこちらを注意深く見ていた。そうして、奥の部屋に向かった。ゆっくり、落ち着いた足取りで。

部屋の中で母が最初に凝視したのは、嫁入り道具として持ってきた螺鈿《らでん》のタンスだった。古びたタンスではあったが、それでも、部屋の中では最も貴重な物だった。

新しい家に移ったら、買い替えるつもりだったけれど、そのまま持ってゆくのがいいかもしれない。私が死んでも、あのタンスだけは残るのだから。

母は、ふと首を横に振る。もう、私の出る幕ではない。生きている人たちの人生であり、生きている人たちの考えることだ。螺鈿のタンスも、他の物も、残された人たちが処理するだろう。新居に持ってゆくなり、私の遺骸を焼く焚《た》きつけにするなり。

母はしばらく、タンスから目をそらすことができなかった。引き出しの中には、三十年の間、一緒に暮らしてきた父の服が、整然と納まっていた。父の服は、父の体温よりも母の手で温められることのほうが多かった。

若い頃、夫はとっつきにくい人だったから、腹の立つことがあっても言葉にできず、よく服に向かって不平をこぼしたものだ。洗濯物を砧《きぬた》*1打ちしたり、靴下を手洗いしたり、汚れたワイシャツをブラシでこすったりしながら、心の中でどれほど多くの不満をつぶやいただろう。

そのはるかな歳月の向こうのどこかで、今でも洗濯ヒモにかかってはためいている、つらかった若き日の思い出。母はもう、そんなことはちっとも気にしていない。過ぎてしまった映画の一場面のように悲しくも美しい、一度くらいは帰ってもいいような気のする追憶が、母の喉を詰まらせた。

書類入れの中には、苦労もしたけれども喜びも少なくなかった家計の記録が、そっくりそのまま収められている。それは母の宝物だった。三十年の間、几帳面につけてきた家計簿だけでも十数冊。中には古くなって角のすり切れたものもあるが、わが家の歴史が余すところなく記録されているのだ。

夫が最初に月給を渡してくれたのは、いつだっただろう。初めの何冊かを見ても、まとまった金額を記録した部分は見当たらない。母が嫁入りしてから十年たっても、財布のヒモは祖母が握っていた。祖母から夫の給料を少しずつもらってやりくりしていた歳月の痕跡が、そこにそっくり記されていた。

その他、ところどころ借入金があったり、支払うべき利子についての記録も見える。切り詰めながら積み立てた貯金を受け取ったこと、祖母の還暦祝いをしたこと、祖父の墓の前に供え物を置く石の台を造ったこと、ヨンスの歯を矯正したこと、チョンスの肝炎を治療したこと、引っ越し祝いのご馳走を準備したこと、壁紙を張り替えたこと、父のスーツを新調してヨンスの入学式に出たこと、銀行からお金を借りたこと……。そんなことがこまごまと記されている家計簿は、それ以前の家計簿よりも四隅が擦り減っている。その頃から、自分で家計を預かったのだ。

母は家計簿や通帳などを床に並べ、しばらくのぞきこんでいたが、やがてそのうち何種類かを書類入れに保管すると、残った書類を一つずつ整理し始めた。

「お義姉さん、何見てるの？」

クンドクの妻が、ドアを細めに開けて入ってきた。看病続きで疲れるだろうに、いつでもリスのように敏捷《びんしょう》で、好奇心旺盛な人だ。

母はこの数日、彼女がトイレでこっそり泣いているのに気づいていた。もともと快活な性格だから、つらくとも顔に出すことはめったにないが、それでも最近は、義姉が心配で意気消沈しているのは確かだった。それだけではない。夫の馬鹿なふるまいを、腹に据えかねているのだろう。

「いいところに来たね。お座り」

クンドクの妻は、自分からやって来たくせに、いざ座れと言われると、ぎょっとしたように母の顔を見た。他人が真剣な顔をしているだけで気後れするようなところが、いかにも素朴な感じがする。

母はそんな義妹を優しく見つめ、半分に折った茶封筒を一つ手渡した。

「これを持って帰りなさい」

「どうして？　あたし、何か悪いことした？」

クンドクの妻は、突然帰れと言われて泣きそうになり、封筒を受け取ろうともせずに、悲しそうに母を見た。

母は義妹の心情を察してはいたが、いつまでも引き留めておくこともできない。

「クンドクはどうするの？」

「この頃は帰ってもこないわ」

「帰りなさい。用事もたまっているだろうし」

そう言われて、義妹はそれ以上逆らわなかった。その実、自分でも家のことが気になり始めてはいたのだ。それでも母の差し出す封筒は、そっと押し返した。

「付き添い費用なら、いりません」

「私はお金がないの。お金じゃないよ。家に帰ってから開けてごらん。さあ、持ってって」

「あたしがいれば、ご飯の支度もできるのに」

クンドクの妻は鼻をすすり始めた。もともと情に厚いうえ、実の姉のように慕っていた母が病気なのに、残していくのはつらかった。母は義妹の気持ちがわかるだけに、なおさら帰らせる必要があった。

「ご飯はヨンスが炊いてくれる」

「あたし、お義姉さんのそばにいたい」

「うちは家族が多いから、いらないの」

クンドクの妻は、また涙を流した。何も考えずにものを言い、場所柄もわきまえずに泣いたり笑ったりする単細胞だが、とても情の深い女なのだ。

母は涙を浮かべて義妹を見ながら、最後の頼み事をした。

「クンドクのそばにいてやってちょうだい。あいつが何を言っても離れないで。あの子は今、力が余っているから、ああやってわめき散らすけど、年取ったらあんたに申し訳ないと思って、よくしてくれるよ。小さいときにお母さんが死んで、私がおぶって育てた子なの。母親なしで育ったからあんなだけど、根っから悪い子じゃないの」

「わかってる」

母は、肩を波打たせてすすり泣く義妹の手に、再び封筒を握らせた。

「これは、クンドクとあんただけが見て、ほかの人には秘密にしてね」

クンドクの妻は、訳がわからなくて目をぱちくりさせた。

「遅くなるから、早く行きなさい。私は疲れたから横になりたい」

クンドクの妻は釈然としない顔で、その場を離れた。義妹が出ていってからも、しばらくそのほうを見ていた母は、そっと倒れるように床に横たわった。

どこからか、あの得体の知れないささやきが聞こえてくるようだ。地中の深いところから聞こえるようでもあり、空の果てから響くようでもあるかすかな声は、確かに自分の名を呼んでいた。

母はもう、その声を恐れはしない。拒絶することよりも、受け入れることに慣れてきた母である。避けられないとわかっているために、母は自分の死ですら、すんなりと受け入れていた。

*

久しぶりにツキが回ってきた。クンドクは膨らんだポケットをさわると、大きな口を開いて豪快に笑った。通り過ぎる人々が、この夜中に変なやつだ、という目でちらちらと見ている。

「見たけりゃ勝手に見ろ。俺はいい気分なんだ」

クンドクは口笛を吹きつつ、タルドンネの細い急な坂道を一気に駆け上がっていた。

賭場《とば》で儲けたのは数カ月ぶりだった。今までつぎこんだ金額は、どれくらいになるだろう。それしきの金は、酒を飲んだと思えばいい。今はまとまった金が手に入ったから、何カ月かは心を入れ替えて、まじめに暮らしてみようかとも思った。

以前にもそう考えたことがあったが、我ながら奇特だと思うほど健全になるのは、金が手に入ったときだけで、金に困ると、賭場に行くことしか思い浮かばなくなった。金が少しできると、しばらくは人間らしい暮らしをしてみようかとも思う。だが、意志の弱い人間がたいていそうであるように、あぶく銭は数日の間に使ってしまって再び博打《ばくち》に手を出すのが、クンドクという男だった。

ともあれ、上機嫌のクンドクは、思いきりよく門を開けた。部屋の中に明かりがついているところを見ると、妻が帰っているらしい。彼は玄関に転がっている妻の古びた靴のヒールを見て、この際、服でも買ってやろうと決心した。おしゃべりだし、ぶつぶつ小言を言いはするが、それでもあれほど心の広い女はいない。

クンドクは妻を驚かせようとして、音を立てずに板の間に上がると、ドアをさっと開いた。しかしどうしたことか、妻は壁にもたれて悲しそうに泣いていた。

「何で泣いてるんだ？」

クンドクは、妻を見下ろしながら上着を脱ぎ捨てた。久しぶりにいい気分で優しくしてやろうと思ったのに、その様子を見てむかっとしたのだ。だがすぐに思い直したクンドクは、ズボンのポケットから札束を出し、妻のご機嫌を取ろうとした。

「おい、こんな大金見たことないだろう」

それでも妻は、泣き続けている。クンドクは札束をちゃんと見せようと、体をかがめて妻の肩をつかみ、自分のほうに顔を向けさせた。

「おい、金だぞ。金をやるってのに」

その瞬間、クンドクはぞっとした。泣きはらした目で自分をにらむ妻の顔に、炎が燃えさかっていたのだ。爆発しそうな妻の怒りにたじろいだクンドクに、妻がつかみかかり、いきなり腕に噛みついた。

「うわ！」

あわてたクンドクが悲鳴を上げ、妻の背中を強く殴りつけた。それでも妻は死に物狂いで腕に噛みついている。

「頭がいかれたか。痛い、放せ」

クンドクは大声を上げながら、妻を引き離そうと力を尽くしたが、妻はなかなか離れない。クンドクがありったけの力で妻の背中を殴りつけるとようやく、妻は部屋の隅に倒れこんだ。

「気でも狂ったのか？　どうしたんだ」

クンドクの肘《ひじ》から血がぽたぽた流れた。よっぽど強く噛んだらしく、まだずきずき痛んで頭がふらつく。

痛みもさることながら、クンドクは、いつになく妻が激怒しているのに面食らった。浮気をして目撃されたときですら、大声で罵《ののし》るだけだったのに、何が妻をこんなに狂わせたのか。クンドクは当惑していた。

「そうだよ、狂ったよ。この馬鹿！」

妻は一枚の書類をクンドクに投げつけて、泣きじゃくった。

「それが何だか、わかるかい？」

クンドクは、妻の尋常ならぬ勢いに気おされて、しばらくぼんやりしていたが、やがて足元に落ちている書類を拾った。

「何だこりゃ？」

借金の督促状かと思って書類を広げたクンドクは、また驚いた。それは意外にも、生命保険の証書だった。それも加入者が姉の名前、金《キム》イニになっている。

「お義姉さん、もうすぐ死ぬって」

クンドクはぼうぜんとして、泣き叫ぶ妻を見た。

「それ、お義姉さんが、自分が死んだらあんたにやるつもりで、家族に内緒で加入していた保険だって。この極悪人。あんた、その気持ちがわかるの？　あんたみたいなクズに、何がわかる？」

クンドクは、雷に打たれでもしたかのように、口をぽかんと開けて立っていた。妻が箒《ほうき》を持ち出して背中を殴っても、クンドクはその場を動けない。

「それも持ってって博打をしたらいいさ。持ってけ、この馬鹿。それで女遊びでもしてこい。これからどうする気？　ずっとお義姉さんの脛《すね》をかじってきて、これからどうやって暮らすつもり？」

わんわん泣きながら叫ぶ妻の悪罵も、クンドクの耳に入らなかった。殴り疲れた妻が床に座りこんで足をばたばたさせているのも、目に入らなかった。世の中のすべてが凍りついたように、クンドクは何も考えられなかった。

姉が死ぬとは思わなかった。まさか、あの、山のようにどっしりしていた姉が死ぬとは、思ってもみなかった。彼にとっては母であり、帰ればいつでも迎えてくれる、故郷の家のような存在だった。

そんな姉が死ぬとは。この間、病院であんなことをしていなかったなら、これほどつらくなかっただろう。自分はヤクザ同然に、病気で手術をした姉に向かってひどい悪態をつき、入院費用まで奪ったのだ。

硬直したように立ち尽くしたクンドクの目から、とめどなく涙が流れた。親不孝ばかりしていた息子が母の死を前にして、胸の張り裂けるほど後悔するように、クンドクは息を殺して慟哭《どうこく》していた。

*

家の中は数日の間、重い沈黙に支配された。

母の痛みは次第にひどくなり、一日に何度も血を吐いた。便座をかかえて死んだように倒れていることもあった。そんなことがあるたび、父は死体のように伸びた母を抱きかかえて、部屋に移した。ヨンスは、母を抱いて歩く父の途方に暮れたような顔を見るたび、息が止まるほどつらかった。

母は痛みがあっても、もう以前のように驚いたり泣いたりしない。家族に気づかれないよう、何も吐けないのにトイレで長時間ゲエゲエしてから倒れるように眠るのが、母の日課となった。目に見えない母の死闘を、家族全員が、惨憺《さんたん》たる沈黙で見守るほかすべがなかった。

そんなある朝、ヨンスは、朝食の準備をしに一階に下りるとき、ふといつもと違う空気を感じた。朝早いのにリビングのカーテンが開いていて、キッチンから聞き慣れた包丁の音がした。母が元気だった頃の、あの穏やかな朝の風景。今では普通ではないことなので、ヨンスは急いでキッチンに向かった。

母がもう米をといで仕掛け、ホバク（ズッキーニの一種）やジャガイモ、ネギなどを切っていた。

「貸して。あたしがやるから、休んでてよ」

ヨンスが母の手から包丁を奪おうとした。

「怪我するよ。お母さんがやるわ」

母は、ヨンスには任せられないというように、包丁を渡そうとしなかった。野菜を切る母の手首は、やつれて骨が浮いている。ヨンスは見ていられなくて母の手首を握った。

「あたしがする」

「ほっといて。私はまだ生きてるのよ。どうして動いちゃいけないの」

母がいら立った。

「疲れるでしょう」

「これくらい、平気」

母が言い張るので、ヨンスはテーブルの前に座った。じっと母を見ていたヨンスは、その温かく平穏な情景に、ふと目頭が熱くなった。料理をする母の後ろ姿だけで、家の空気がこれほど温かくなるということに、なぜ今まで気がつかなかったのだろう。

「仕事は？」

ヨンスは、急いで感情を抑えた。

「今日はちょっと顔を出さなきゃ」

「行きなさい。仕事もしないで私の死ぬのを待って、クビにでもなったらどうするの？」

ヨンスは今日、今まで出していた欠勤届に続いて、休職願を出そうと思っていた。母に何と返答していいかわからず、テーブルで水のコップをいじくり回していた。

「それと、テンジャンチゲ（味噌鍋）には、お米のとぎ汁を使って、ホバクは最初から入れろと言ったじゃない？　沸騰してから入れたら、軟らかくならないでしょ。見た目はいいけど、おいしくないわ。テンジャンチゲひとつちゃんとできないのに、どうやってお嫁に行くつもり？」

お小言を言われたヨンスは、むしろ喜んだ。生き生きとした姿がうれしくて、母から目を離せなかった。今この瞬間を目に、胸にしっかりと詰めこんでおこうとでもするように、しばらく眺めていた。

母は切った材料を鍋に入れ、火にかけた。それから手を洗い、エプロンを取って、元のところに掛けてから部屋に向かった。

奥の部屋では父が布団をたたんでいた。以前では考えられないことだ。布団をしまおうとした父は、ドアを開けて入ってきた母に気づき、照れたような顔をした。

「そんなに上手なのに、どうして今までやらなかったの？」

母が座りながらぶつくさ言った。父も母の横に座りつつ、癖になっているのでタバコを口にくわえた。

「すきっ腹にタバコなんて」

父は、久しぶりに聞く小言がうれしい。タバコを持って外に出ようとしたが、母が父のズボンを引っ張った。

「ここで吸いなさいよ」

父は元のところに座って、タバコを押しやった。

母は書類入れの中から箱を取り出し、父の前に書類を出しながら淡々と説明した。

「通帳とか家の書類、土地の書類、保険の証書なんかよ」

母が何をしようとしているのかは、推測がついた。父は思わず顔をしかめ、押しやっておいたタバコをまた取ってくわえた。母は父の顔を見ようともせず、ぶっきらぼうに話している。

「あなたがいつ死ぬか知らないけど、節約すれば死ぬまで持ちそうよ。あなたはいいわね、お金があって。そこの黄色い通帳はヨンスの嫁入り資金で、白い通帳はチョンスのだから、手をつけちゃ駄目よ」

父は顔をそむけ、ため息のようにタバコの煙を吐き出した。

「おまえが持っててくれ」

「いやよ」

母は父の言葉を、断固としてはねつけた。

「何も、あなたがかわいくてあげるんじゃないわ。私が死んでも、ろくに泣きもしないで、『通帳はどこだ』って言いながら、子どもと一緒に探し回ったりされたらいやだからね」

「そんなことしないから、しまっておけ」

「わかるもんですか」

父は、こんなふうに死を準備する母が哀れな反面、理解できるような気もした。つっけんどんな母の態度は、家族と別れるための準備なのだ。父は重い息をついて立ち上がった。

「いつか時間ができたら、一度、一山《イルサン》に連れて行ってよ」

父は、すんなり答えることができなかった。それでなくとも父は最近、毎日出勤するふりをして、一山に通っているのだ。家具をそろえたり、家の片付けをしたりするためだったが、妻を連れて行く勇気が出ない。その家は妻の希望だったのに、今では妻の死に場所になってしまった。

「家は、ほとんどできているはずだわ」

母は父の顔色をうかがいながら、独り言のようにつぶやいた。

父は黙って部屋を出た。背後から母の声がする。

「もう、融通の利かない人だね！　普通なら死ぬ前は、何でも願いを聞いてくれるっていうのに、こんなささやかな頼みに、返事もしないんだから。ああ腹が立つ！」

父はリビングのソファに座って、タバコの煙を細長く吐き出した。妻の言うとおりにしてやろう。何日か休みを取ったことにして、明日にでも一山に行こう。父は心の中で決心を固めていた。

かえって良かったのだ。毎朝、出勤するようなふりをして家を出るのも、つらいことだった。父に願いがあったとするなら、この機会に母と二人でゆったりとした時間を過ごし、下手なりに自分で作った食事を食べさせてやることだった。

「お父さん、ご飯よ。仕事に行かなきゃ」

しばらく思いにふけっていた父は、ヨンスに呼ばれてキッチンに行った。義妹が家事をしていたときは食事のたびに申し訳ない気になったが、ヨンスが家事をきっちりこなしている姿には感心した。

父がキッチンに入ると、母は祖母に持って行くお膳を整えていた。

「あたしがしてもいいのに」

ヨンスはためらいながら母にお膳を渡した。

「あんたはご飯を食べてなさい。私はほかに用事がないんだから」

ヨンスは、母が元気なのがうれしい一方、なぜだか妙に不安な気がした。

祖母は寒いと言って布団をかぶったまま、母が口に入れてくれるご飯を食べていた。母はその様子を見るのがつらかった。もっと寒くなる前に引っ越すつもりだったのに、今住んでいる家が売れなくて計画が狂った。病気でさえなければ、あちこち歩き回るのだが、今はどうにもできない。

病院が忙しい父に頼むのは気がひけるし、不動産屋は買い手を探してくれると電話で約束はしたものの、安心はできない。一山の家はちゃんとできているのか、一度行ってみなければならないのに。母はあれこれと心配事ばかりだ。

「ええい！」

よく食べていた祖母が、突然床に飯粒を吐き出した。

「どうしたの？」

母はむっとした。祖母はふくれっつらで、味噌汁に交ぜた飯粒を指差した。

「腐ってる」

「腐るはずないでしょ。朝作ったんだから」

「こいつ！」

祖母は吐き出した飯粒を拾って、母の目の前に突き出した。

「こんな色なのに、腐ってないって言うのか！」

「いい加減にしてよ。どこが腐ってるの？　味噌汁の色じゃない」

母も負けずに、ご飯茶碗を見せた。

「この女！」

祖母はそんな母をきつい目でにらみ、さっと立ち上がって茶碗を奪い取ると、一気に母の頭にぶっかけた。昨日今日のことではないものの、出し抜けにご飯を浴びせかけられた母は、怒りを爆発させた。

「このばあさん、狂ったね！」

「ああ、狂ったとも！」

祖母は足を踏み鳴らしながら、突然、部屋の隅にあったおまるを持ち上げた。止める暇もなく、おまるの割れる音に続いて母の悲鳴が上がった。

「ああ、いやだ！　気持ち悪い！」

食事をしていた父とヨンス、チョンスが祖母の部屋から聞こえる悲鳴に驚き、大あわてで駆けつけた。飯粒と小便でべちゃべちゃになった母が、部屋の真ん中に座って泣きべそをかいていた。割れたおまるとひっくり返った食器で部屋の中はめちゃめちゃになっており、祖母は、はあはあ喘《あえ》ぎながら母をにらみつけていた。

父はこの光景で、怒り心頭に発したが、呆《ぼ》けた年寄り相手にどうすることもできず、凍りついたように立ち尽くした。

「腐ったのはあんたが食べな。うちの子の病院建ててくれるって言いながら、やってくれなかったくせに。こいつ、死ね！」

祖母はまだ憤りが収まらないらしく、母につかみかかって髪の毛をつかんで振り回した。

「放して。痛い」

母は髪をつかまれたまま、悲鳴を上げた。

「何してるの。この手を放しなさい！」

ヨンスとチョンスが祖母を止めに入った。

「馬鹿、あんたがこのうちをつぶしたんだ。姑を何だと思ってるんだい！」

祖母は罵り続けた。すっかり傷ついた母は、両脚を投げ出して泣きじゃくった。

「もういや。こんなのいやだ！」

父は泣くことも、怒ることもできなかった。一人の女は、悪臭のする部屋の片隅でぼろぼろになって泣きわめいているし、もう一人の女は、いい気味だと言わんばかりに腕まくりをして息巻いている。父は胸が詰まって、部屋を出てしまった。

＊

空は、雪でも降りそうに暗い。父はぼんやり窓の外を見ながら、思いに沈んでいた。今朝のことが、ずっと頭から離れない。騒ぎは何度もあったし、日常のひとコマにすぎないと思っていたが、もう先の長くない妻をあんな目に遭わせるのは、のちのち後悔することになりそうだ。

ヨンスの車が、父の病院の前に止まった。ヨンスは、窓の外を眺めている父を、じっと見つめていた。父の気持ちを考えると、ヨンスもつらい。

「お父さん、着いたわ」

「ああ」

少しあわてたように車から降りた父が、ヨンスを振り返って尋ねた。

「今日の午後、時間あるか？」

「休職願を出して、少ししたら帰る」

「そうか。それなら後で会おう」

「用事がいつ片付くかわからないけど。何かあるの？」

後任の人に仕事を引き継ぐには、少し時間がかかるだろう。父はヨンスを見ながら、気まずそうに頭をかいた。

「いや、特に何もないんだが」

「こちらから電話するわ」

父は、ヨンスが病院に電話するといけないので、あわてて言いつくろった。

「いや、俺も今日は診察しないで、休暇願だけ出して帰るつもりだ。俺が近くまで行って電話する」

「そう？」

「ああ、そうしよう」

父は車から降りても、車のそばでぐずぐずしていた。ヨンスは、父が病院に入るのを見届けてから出発しようと思っていたので、車を出せないでいた。

ヨンスが父を促した。

「行ってよ」

「先に行きなさい」

ヨンスは、父を置いて車を出した。バックミラーには、そのままじっとしている父が映っていた。

父は、ヨンスの車が見えなくなってから、ゆっくり歩いて大通りに向かった。尹《ユン》博士との約束時間まで三時間以上もあるから、時間をつぶさなければならない。早朝から喫茶店にじっとしているのもつらい。そんなとき、いちばんいいのは本屋か公園だった。

失業も長くなると要領がつかめるというが、父は当てもなく街をぶらぶらして、開店時間に本屋へ向かった。

父は本屋に入っても、就職だの創業だのといったビジネス関連書籍には見向きもしなかった。朝からそんな本を読んで、そっとため息をついている四、五十代の男の後ろ姿が、みじめに見えたからだ。

つまらないプライドが残っているのか、そんな男たちの横に立っていると、自分がいっそうみすぼらしく感じられて我慢ならない。だから父は、仕事が忙しくて時間に追われている人のように、頭に入りもしない専門書籍をぱらぱらと見て、時間をつぶした。それも長くなると頭が痛くなるので、一時間がせいぜいのところだった。

まだ時間が余るから、今度は公園に行ってみる。公園で長時間じっと座っているのは、することのない老人や失業者たちに決まっていた。

何回か来てみると、いつも定位置に座って時間を過ごしている人も少なくないことに気づいた。一様に、無気力で憂鬱《ゆううつ》な表情。何人かの初老の男たちは、話の輪に割りこんで差し出がましいことを言ってみたり、将棋を差している人に横から口を出して疎まれたりしながら、一日を過ごしていた。

もっと老齢の人たちは、各自別々に座って鳩にポップコーンを投げてやったり、短くなったタバコを吸いながら、ぼんやりしていた。もはやこの世には、何の興味も関心もないように見える老人たちは、ひょっとすると、時の流れを見つめているのかもしれない。
二、三人ずつ集まって座っている老人たちも、あまり話はしていない。つぐんだ唇の間から、ときどきタバコの煙が漏れるだけだ。言うべきことは、すべて言い尽くした。あとは、手についた埃《ほこり》を払うように時間を振り払うだけだ、とでも言うように、ぼうっと座っていた。
父は、自分はまだ彼らほど老いてはいないが、かといって、何か新しい事を始めるほど若くもないということを、よく知っていた。還暦を過ぎて、何が面白くて新しい仕事を始めることができよう、という気がしていた。黄昏《たそがれ》はもうすぐだ。父は、そうつぶやきながら公園を出た。

昼食時間に合わせてコーヒーショップに現れた尹博士は、小さな箱を持っていた。

「奥さんの薬よ」

「すまんな」

「だいぶ痛むでしょう？」

「そのようだ」

尹博士は父の憂鬱な返答に、黙ってお茶を飲むと、また口を開いた。

「今まで、どうして来なかったの？」

「一山《イルサン》の家が完成したから、そっちに通ってるんだ。俺みたいな役立たずでも、そこに行けば用事はいろいろあるからな」

尹博士は、苦い表情で答える父を見て、しばらくためらった後に言った。

「あの、この前、頼まれたことなんだけど」

父が頼んだ就職のことだ。

「うん、聞いてくれたか？」

「聞いてはみたんだけど」

尹博士は、なぜか申し訳なさそうに、もじもじしていた。父は持っていたカップを置き、黙って次の言葉を待った。

「保健所の所長の仕事なの。一山に新しくできた」

その瞬間、父の顔がぱっと明るくなった。父は、彼女が言い出しにくそうにしていた理由がわかっていた。保健所の所長という地位が、報酬や環境において医者よりもずっと下だということは、聞かなくても想像がつく。

「ごめんなさい。もっといい仕事があるといいんだけど」

「何を言う。保健所の仕事だって上等だよ。ありがとう」

父にとっては、仕事があるというだけで、ありがたい。父は久しぶりに笑顔を見せながら、念を押した。

「間違いないんだな？」

「ええ」

「ありがとう。そのうちご馳走するよ」

父は、尹博士が一緒にお昼を食べようと言うのを断って店を出ると、深い安堵《あんど》のため息をついた。本屋や公園をうろついていたときとは打って変わって、足取りはとても軽い。

午前中ずっと引き継ぎをして、オフィスを出たヨンスは、ちょうど取引先から戻る途中のインチョルに出くわした。インチョルはヨンスを見ると、うれしそうに近づいてきた。

「あたし、休職願を出したの」

それを聞いたインチョルは、戸惑った。

「大丈夫だと思ってたのに」

「あたしも、そう信じてたんだけど」

「しっかり看病しなよ」

インチョルは、やっとそれだけ言った。

「今まで何もしてあげられなかったことを、後で後悔するような気がして、受けただけのことをお返ししたいんだけど、できそうにないわ。ご飯もろくに作れないし、洗濯もあたしがするときれいにならない。掃除をしても、どこかやり残しちゃう」

「親にしてもらったことを、全部返すことはできないさ」

インチョルは自動販売機でコーヒーを買い、紙コップをヨンスに渡しながら、人生経験の多い初老の男のような口調で語った。

「水が下に流れるように、どうすることもできないんだよ。俺はそう思う。人が結婚するのは、自分が親にしてもらったことを返せなくて、そのはけ口を探すためなんだ。だから子どもをつくるのさ」

「そうかもね」

ヨンスはゆっくりうなずいた。

「おまえも、体に気をつけろよ」

「うん」

もう行かなければならない。外で父が待っているはずだ。

ヨンスは感謝の気持ちを言葉で伝えられなくて、少し潤んだ目でインチョルを見た。インチョルが、はらりと落ちたヨンスの前髪をそっと持ち上げてやった。ヨンスはその手を振り払おうともせずに、しばらくじっとしていた。

*

父は、朝、病院の前で別れたときとは全然違う表情で、デパートのロビーにいた。その姿には、何とも言えない生気のようなものが感じられた。何かいいことでもあったのだろうか。一緒に地下の駐車場に向かって歩きながら、ヨンスはしきりに父の横顔を盗み見た。

父を乗せたヨンスの車が、デパートを出た。

「早く家に帰らなきゃ」

もう、午後三時を過ぎていた。ヨンスは家が心配だった。朝、あの惨劇を見て気が休まらなかったが、家に早く戻るつもりで、まだ電話もしていない。病気で元気のない母に、祖母がまた何かしでかすのではないかと、気が気でなかった。

「おばあさんは寝てるそうだ。もう大丈夫だろう」

父は、ヨンスの気持ちを読み取っていた。

「家に電話したの？」

「ああ」

祖母は、いったん寝つくと半日は目を覚まさないから、ヨンスも安心した。

「どこに行くの？」

「一山の家に行こう」

「一山に？」

ヨンスが不思議そうな顔をすると、父は窓の外に視線を向けた。

「お母さんが、一度連れて行ってくれというんだが、家が散らかっててな。お父さん一人で片付けようとしても、うまく行かないんだ」

「そうだったの」

口数が少なく薄情だと思っていた父に、こんなに優しい一面があるとは。ヨンスは、鼻の奥がじんとした。

一山の家に入ったヨンスは、しばらくぼうぜんとしていた。包装されたままの家具や生活用品が、リビングにぎっしり積まれている。見えている家具は横にどけておいて、まだ開けていない包装紙を開けてみると、壁に掛ける装飾用の額だの何だの、こまごまとしたものが続々と姿を現した。こんなものを父が用意したなどとは、信じがたいほどだった。

「色合いが、あまり良くないだろう？　昨日、適当に買ったんだが、それほど気に入ったというわけでもないんだ」

いつの間にか腕まくりをして雑巾をしぼってきた父が、照れくさそうにヨンスの顔色をうかがった。大きな体で雑巾を持っている姿は、ちょっと滑稽《こっけい》でもあったものの、ヨンスには驚きであり、感動的ですらあった。

「いいえ、いい色だわ」

ヨンスがにっこりした。そして父の手から雑巾を奪った。

「あたしがやる。お父さんは座ってて」

「これをあっちにやっといて、一度、床を拭かないといけないんじゃないか？　そのまま置いたら、お母さんが、埃の匂いがすると言っていやがるだろう？」

ヨンスに指図するのが気が引けるのか、父はおずおずと話した。ヨンスはそんな父に向かって、ことさらに明るい笑顔を見せた。

「そうね。じゃあ、家具をいったんあっちに移そうか？」

「ああ」

ヨンスのさっぱりとした返答に、父はようやく安心したようだ。

それから父と娘は、力を合わせて家具を動かし始めた。いつそんなに年をとったのか、父は小さなソファひとつ持ち上げるのにも、汗びっしょりになった。ヨンスは胸が痛かった。

父は老いて弱った自分を認めたくないのか、二人で持つべき荷物まで、一人で運ぶと言い張った。そんなとき、ヨンスは悲しくもあったが、一方で、笑いもこみ上げた。半ば禿《は》げかけた父の額に、大粒の汗が浮かぶのを、ヨンスは優しく見ていた。

家具を移動させてしまうと、今度は床掃除だ。ヨンスは母のためだと思えば、疲れも感じなかった。ヨンスが念入りに雑巾をかけている間、父は壁に額を掛けた。

「ヨンス、ここでいいかな？」

「うん。もうちょっと左ね」

「こうか？」

「ううん、もう少し左」

「これでいいだろう？」

椅子の上に上がって額を動かしている父の仕草は、とてもぎこちなかった。家でもこんな仕事はすべて母がやっていたから、おそらく父には初めての体験だ。

「今度は、もうちょっと右」

またヨンスに駄目出しをされてしまった。父は冷や汗を流しながら、懸命に額を掛けていた。それでもうまくいかないのか、ヨンスが首を横に振った。

「ううん、ゆがんでる」

「こうか？」

額を掛け直して、父がヨンスのほうを見た。

「ええ、いいわ」

ようやくヨンスのOKサインが出て、父はため息をつきながら椅子を下りた。

リビングが片付くと、奥の部屋にカーテンをつるしに行った。ヨンスは父のように無口で気の利かない人が、どうしてこんなに几帳面に所帯道具を準備したのか、いちいち感嘆しないではいられなかった。カーテンの色やベッドカバー、床のカーペットまで、母の好みにぴったりだった。このすべてを一人で準備しながら、父は心の中でどれほど泣いただろう。ヨンスはしきりに喉が詰まった。

ベッドカバーを掛けると、奥の部屋はすべて片付いた。カバーをかぶせたベッドに座った父の表情が、ひどく沈んでいた。ヨンスはそんな父の姿を見ると涙がこみ上げて、そっと部屋を出た。

父はベッドに腰掛けて、部屋の中を見回した。年を取ると布団をたたむのもつらい、引っ越したらベッドにするんだと言っていた妻の言葉が、胸にしみた。遠からず妻は去り、彼女が欲しがっていた物だけが残されるこの家。この家には、なじめないような気がする。

「お父さん、コーヒーいれたわよ」

部屋の外からヨンスの声がした。父は赤くなった目を押さえるように涙を拭くと、リビングに向かった。

きれいに整頓されたリビングのソファに座り、向かい合ってコーヒーを飲みながら、父と娘はしばらく何も言わなかった。

「この間は、ごめんなさい」

ヨンスがもじもじしながら言った。

「何が？」

ヨンスは、意味もなくカップをいじっている。

「お父さんに怒ったんじゃなくて、自分に腹が立ったの」

「ああ」

父は、ヨンスの言うことがよくわかった。父自身も同じ気持ちだったから。

「ごめんなさい」

「いや。お母さんがかわいそうで、あんな口を利いたんだろう。お父さんは大丈夫だ。おまえも、あまり気を落とすな。俺はときどき思う。お母さんが死ぬのはいいことだと。人より倍も苦労した人が、人より先に、いいところに行くんだと。そう信じることにした」

父は寂しげにヨンスを見ながら、慰めた。

「よくしてあげたかったのに」

ヨンスが目を赤くして、涙声で言った。

「みんな同じ気持ちだ。お母さんもわかってるさ」

父はちょっと黙ってから、ヨンスの持っているカップを目で示した。

「それ、きれいだろ？」

「ええ」

「お母さんのために、特別に買ったんだ。おまえが嫁に行くとき、持っていきたいと言っても、それはやれんぞ」

父はかすかに微笑んだ。

ヨンスは黙ってカップを見つめた。父が整えた所帯道具の中で、唯一、母の好みと違っていたので、内心、変に思っていたところだった。ちょっと垢《あか》抜けないデザインだが、縁を金箔で飾った豪華なコーヒーカップは、父がこの世にたった一人の皇后に捧げる、最初で最後の愛の証しだった。

＊

ソファに座ってぼんやりと中庭を見下ろしていた母が、時計を振り返った。八時になるのに、今日に限って誰も早く帰ってこない。ドアが開いている祖母の部屋をのぞきこんでみると、祖母は眠っていた。

母はセーターを引っ掛けて、門の外に出た。この頃は、夕方の早い時間から家族が恋しい。母は寒さも忘れ、首を長くして子どもたちや夫を待っていた。

その頃チョンスは、大きな花束を抱いて、ガールフレンドと一緒に近くの坂道を上っているところだった。母の病気を知って以来、家にこもっていたチョンスに会うため、女友達のチェヨンが近くまで来てくれたのだ。

「お母さん、喜ぶわよ」

「うん。僕が買うべきだったけど」

チョンスが申し訳なさそうに、チェヨンを見た。チェヨンは、わかっているというように明るい笑顔を見せながら答えた。

「私が買ってあげたかったの」

チョンスは、チェヨンにお礼を言う代わりに、別のことを言いだした。

「僕は最近、おまえがうらやましいんだ」

「どうして？　大学行ってるから？　チョンスは、お母さんに大学生になったところを見せてあげられないから？　チョンス、そんなふうに考えないで。一所懸命勉強しているところを見せてあげたじゃない。合格発表のときまで、生きているかもしれないし」

「そういうことじゃなくて」

元気のない口調に、チェヨンは足を止めてチョンスを見た。

「おまえんちは、お母さんが元気じゃないか。長生きするだろう。それがうらやましいんだ。この頃、お母さんが元気な人、お母さんがいる人、そんな人が、いちばんうらやましい」

チョンスの告白に、チェヨンは慰める言葉が見つからなかった。そっと抱いて背中を軽くたたいてやりたかったが、それもできずに、ただうつむいていた。チョンスは、そんなチェヨンの背中をどんとたたいて、わざと朗らかに話を続けた。

「もう帰れよ。最近は、会うたびにおまえが僕を送ってくれてるよねえ。いやだろう？」

「ううん、あたしが送ってあげるってのも悪くはないわ」

「すまない。じゃあな」

「もうちょっと歩きましょうよ」

そうして二人が歩きだしたときのことだ。

「チョンス！」

どこからか、うれしそうな母の声が聞こえた。顔を上げると、向こうのほうから母が速足で坂を下りてくるところだった。

「お母さん！」

母が突然現れたので、チョンスはちょっと驚いた。母は二人の前に近づくと、不思議そうにチェヨンを見た。

「チョンスのお友達？」

「はい。初めまして」

「かわいいわね」

恥ずかしそうに笑いながら挨拶する息子のガールフレンドを、母は目に焼き付けておこうとでもするように、まじまじと観察した。チェヨンスが横で時計を見ながら、チェヨンに目配せをした。

「帰れよ」

彼女はチョンスに、わかったと目で答えてから、母に向き直った。

「今度、またお目にかかります」

「どうして？　うちに寄っていってよ」

母は帰ろうとするチェヨンに、名残り惜しそうに言った。うちでお茶でも飲ませたいと思ったのだ。

「いいえ。もう遅いですし、帰ります」

チェヨンは笑いながらチョンスに手を振ると、背を向けた。母はチェヨンの後ろ姿から目が離せなかった。ひょっとしたら、あの子がうちの嫁になるかもしれない、と気になっているようだ。

「あの子と同じぐらい、きれいな花ね」

遠ざかってゆく息子のガールフレンドを静かに見送っていた母は、チョンスからもらった花束の匂いをかいだ。チョンスは母の背中を抱いて歩きながら、心配そうに言った。

「寒いのに、何で外に出るんだよ」

「ああ、おかしい。あんたも一人前に彼女がいるのね」

母はおもしろく、また不思議な気もした。

「もう、キスした？」

チョンスは母の意地悪な質問に顔を赤らめた。正直に答えるわけにもいかないし、頑として否定するのも変な感じだ。チョンスはただ、くすっと笑った。

「おとなしそうな子ね。ヨンスに似ているような気もするし、私の娘時代みたいな感じもする」

「じゃあ、チェヨンは、この世でいちばんきれいな女性たちに似てるってことだね」

「そういうこと」

母と子が冗談を言いながら仲良く家に向かっていると、車のクラクションが聞こえた。ヨンスの車だった。母は、夫と娘が車から降りてくるのを見て、とても喜んだ。

「いったい、どうしたの？　今日はみんな、申し合わせたように同じ時間に帰るのね」

「寒いのに、どうして外に出てる？」

「早く入りましょう。お母さん、風邪ひくわ」

「大丈夫よ」

久しぶりに、四人一緒に門をくぐった。母は上機嫌で玄関のドアを開けた。

「おばあさんは、起きてないかな?」

独り言を言いながら母が玄関に入ったとき、

「この性悪女! またあたしを捨ててくつもりか?」

突然、祖母が棒を持って飛びかかってきた。

「きゃあ」

母は避ける暇もなく、祖母の振り下ろした棒で頭を殴られ、その場に転んだ。

一瞬の出来事に、後から入ってきた三人は仰天した。最初に中に入ったチョンスは、倒れている母を助け起こした。

「お母さん、お母さん、大丈夫?」

母の額から、真っ赤な血が流れている。焦ったヨンスは父を見上げた。母はすでに、意識が朦朧《もうろう》としかけている。それを見て激怒したチョンスが、祖母につかみかかって罵倒した。

「いい加減にしろ! こんなことするくらいなら、さっさと死んでくれよ!」

祖母の棒を奪い取ったチョンスの手が震えている。

「この野郎！　この馬鹿！」

祖母はチョンスが大声を出すと、興奮して唇をびくびくさせながら、チョンスの背中を容赦なく殴り始めた。

すると、今まで硬直したように立ち尽くしていた父が、向き直って下駄箱の引き出しで何かを探し出した。父は完全に理性を失った様子で、金づちと釘を取り出した。片手に金づちを持ち、もう片方の手で老母を抱いた父は、つかつかと祖母の部屋に向かった。

「放せ、馬鹿！　放せったら。エミ（嫁）や！」

祖母は父の腕に抱かれたまま、もがいた。姉と弟は唖然として、父がいったい何をしようとしているのか、ただ眺めていた。祖母は、父の激怒した様子を見て怖くなったのか、力のない声で哀願し始めた。

「おじさん、おじさん。何をするの？　あたしをどこへ連れて行くの？」

父が祖母をどさりと床に下ろしてドアのほうに向き直ると、おびえた祖母は、父の脚にしがみついた。涙を流しながら哀願する祖母を容赦なく振り払い、父は部屋のドアを閉めた。

「おじさん。何するの？　エミや、助けて！」

部屋の中から祖母の悲鳴が聞こえていた。

しばらく気を失っていた母が、やっと力なく目を開けた。ちょうど、父が口にくわえていた釘を持ち直し、金づちでドアを打ちつけようとするところだった。

「エミや！　エミや！」

祖母が開かないドアを爪で引っかいて泣き叫んだ。ようやく気を取り直したチョンスが、父を止めようとした。

「お父さん、何するんだよ。よせよ」

父はチョンスの手を乱暴に振り払い、釘を打ち始めた。

「あなた、いったい何するの。ヨンス、止めなさい。お父さんを止めて」

母も驚いて、祖母の部屋のほうに這いながら叫んだ。しかし父は母には見向きもせず、釘を打ち続けた。

「お父さん、落ち着いて」

「お父さん、やめてよ。僕が悪かったんだ」

ヨンスとチョンスは、わあわあ泣きながら父にしがみついて哀願した。父の顔は氷のように冷たかったが、それでも目が赤くなって涙をためているところに、いくらか人間的な感情が表れていた。

チョンスは、自分が祖母にひどいことを言ったために父が怒ったのだと思い、膝をついて謝った。だが父は、まったく気にも留めない。

ようやくドアのそばまで這ってきた母が、父のズボンの裾をつかみ、へとへとになってうめくようにひとこと言った。

「やめて」

父はふと手を休めて、ズボンにしがみついている妻を見下ろした。父の目から落ちた熱い涙が、母の額を濡らした。

その隙に、チョンスが父の手から金づちを奪った。そして大声で泣きながら中庭に出ると、金づちを投げ捨てた。

ヨンスは、父が悲痛な表情で息を切らして立っているのを見て、ようやく少し安心した。

「ヨンス、部屋に行きなさい」

母が力のない手で、ヨンスに合図をした。父が黙って中庭に出ていった後だった。ヨンスは母を助け起こし、部屋に横たわらせてから中庭に向かった。

「お父さん」

中庭に立ってタバコをふかしている父の背中が、ひどく孤独に見えて、ヨンスは涙があふれた。

「部屋に行きなさい」

「寒いでしょう」

「大丈夫だ。行きなさい。冷たい風が入る」

父はずっと背中を向けたまま、宙に向かってタバコの煙を吐いている。ヨンスは複雑な気持ちを落ち着かせることができず、しきりに胸をなで下ろしていた。チョンスも中庭の隅で、肩を震わせて泣いていた。

*

中庭で遅くまでタバコを吸いながら悲嘆にくれていた父は、明け方になってようやく寝床についた。瞬間的な激憤を抑えられずにしてしまったこととはいえ、呆《ぼ》けた老母を部屋に閉じこめて、釘まで打ちつけようとしたことに対して、父は非常に苦しんでいた。夢うつつにも時折ため息をつく父を、母は息を殺して見守っていた。父は、そんな母に気づかないまま寝返りを打っているうち、いつしか寝入ってしまった。

母はしばらく壁にもたれて、父の不規則な息遣いを聞いていた。さっきから、吐き気がこみ上げてきたので、突然襲ってくる痛みに耐えるため、うずくまって何とかこらえていたところだ。気持ち悪くなったときはトイレで吐くよりも、こうして我慢しているほうがましだった。これ以上血を吐くのが怖い。

体をすくめて寝ている夫の姿は、どうしてこんなに物悲しいのだろう。母は暗闇の中にぼんやり浮かんだ背中を、もう一時間も見つめていた。そうしているうちにも、吐き気がすると歯を食いしばった。今夜はどうも眠れそうにない。

少しすると吐き気が治まったようなので、母はゆっくり起き上がり、キッチンに行った。むかむかする胃をなだめるためにも冷たい水をコップについで飲んだが、良くなるどころか、吐き気はいっそうひどくなった。

母は冷蔵庫の前に立って、またひっくり返りそうになる胃を落ち着かせようと、必死になった。五臓六腑のすべてが痛い。内臓がからみ合って死闘を繰り広げているのか、一瞬ごとに、引き裂かれるような痛みが全身に広がった。病気というのは、どうしてこんなに痛いのだろう。

身をよじって嘔吐《おうと》をこらえていた母は、のそのそ這ってキッチンを出た。死神の垂らす暗い陰が、向こうのほうで長い帳《とばり》を広げていた。母は手を振ってその陰をやっとのことで拒絶した。するとその後ろにもまた陰が、これ見よがしに帳を下ろしつつあった。

「ふう」

悲しいからか痛いからか、母の喉からうめきが漏れた。背中にじっとりと冷や汗が流れ、母は思わず体を震わせた。

そのとき母はふと、祖母の部屋のほうを振り向いた。かわいそうなおばあさん。どんなに驚いただろう。

母はちょっと痛みが薄らいだ隙に、やっとのことで体を起こすと、ただちに祖母の部屋に近づいた。

祖母は寝ていても怯《おび》えているのか、布団を抱いて体をすくめたまま寝ていた。その哀れな姿を見ていた母は、布団をまっすぐに整えて祖母を楽な姿勢に寝かせた。今ではこの小柄なばあさんひとり寝かせるのも、手に余る。

母は荒い息をしながら、壁にもたれた。冷や汗は流れ続け、相変わらず吐き気がする。悪夢を見ているのか、祖母はときどき体をばたばたさせた。その姿を見つめる母の眼差しに、言葉に尽くせない複雑な思いが宿った。

若い頃、三日に一度は嫁をいじめていた姑。だがそれも、耐え難いものではなかった。好きとか嫌いとかいう以前に、二人は最も多くの時間を共有してきた間柄なのだ。息子だけが頼りの姑と、夫しか頼る相手のいない嫁。同じ男を待ちつつ暮らしてきた歳月が、もう三十年にもなる。

「狐みたいにずる賢い嫁とは暮らせても、熊のように愚鈍な嫁とは暮らせない」と言って自分をなじっていた姑ではあったが、それでもたまには、嫁の好きな胡桃《くるみ》菓子などを買ってきてくれたりした。そんなとき、この嫁のどこが、そんなにかわいかったのだろう。夫のいない家庭で、子どもまで学校に行ってしまうと、姑の小言でも聞かなければ、生きている気がしない時代もあった。

あわただしい歳月を共に過ごしてお互いに年を取り、憎しみも愛情も積もり積もった姑と嫁の仲は、他人には理解できない。けんかしながらも、どんな母と娘にも負けない情を分かち合ってきたこの特別な関係は、言葉で説明できないし、頭で理解できるものでもない。

母は布団を引っ張って、祖母の首まで掛けてやった。そして、一瞬、息を止めた。

なぜ先の長くない老母が息子に監禁され、孫に「死ね」と罵られなければならないのか。もし自分が死んでしまえば、ヒモの切れた笠がいろんな人に蹴飛ばされるように、いじめられるだろう。私がいなくなってもこのばあさんは、駄々をこねながらご飯を食べるだろうか。威勢よく「この馬鹿！」と悪口をたたくだろうか？　いや、そうはできないだろう。

母の目から、ふいに涙があふれた。しばらく声を殺して泣いていた母の目に、突然悲壮な色が表れた。

母は布団の端を引っ張って、祖母を頭まで覆ってしまった。夢うつつにも息苦しくなった姑が、布団の中でもがいた。母は目をしっかりつぶり、腕に力をこめた。全身の力をこめて布団を押している母の顔に、得体の知れない悲哀と毒気が漂っていた。母の額と頬は、もう涙と汗にまみれていた。

「お義母さん、死んだほうがいいわ。私の生きているうちにお義母さんが死ねば、お義母さんも楽だし、私も安心して死ねる。すぐまた会えるよ。お義母さん、あの世で私が百倍、千倍も孝行するからね」

母は、歯を食いしばった。

「ううう」

胸をえぐられるようなうめき声に一瞬たじろいたものの、母はその声を聞くまいと耳をそらした。そしてその老いた命を、ぐっと押さえつけた。

そのとき、ヨンスは遅くまで家族写真を見ていて眠れないでいた。古い家族のアルバムに、家族の団欒《だんらん》が、嘘のように写っていた。ヨンスはその写真を何度も見返した。昔の写真を見ていると、うちの家族にも、こんないい時代があったのだと思えてくる。

ヨンスはその中から、母がいちばん明るく笑っている写真を取り出した。父が個人病院を開いて開業式をし、家族全員が集まって撮った写真だった。あの頃は、祖母もまともだったし、父の顔にも中年男の自信と活力が漲《みなぎ》っていた。

ヨンスは祖母を真ん中にして、母と父が穏やかに微笑している姿にずっと見とれていた。あのときは母も、明るくて元気な中年女性だった。その姿であと一年だけでも家族と一緒にいてくれたら、もうほかには何も望まない、とヨンスは思った。命も品物のように、自分のを分け与えることができたら、どんなにいいだろう。

そんなことを考えているうち、ヨンスは喉が渇き、コップを持ってキッチンに下りていった。夜遅いので家中の明かりは消えていてあたりは静かだったが、祖母の部屋から、妙な声が聞こえてくるような気がした。

祖母の部屋に近づいてそっとドアを開けたヨンスは、泥棒が入ったのかと思って驚いたが、そうではなかった。母が汗を流しながら、布団の中にいる祖母を押さえつけていた。あの妙な声は、祖母の悲痛なうめきだったのだ。

ヨンスはコップを床に放り出すと、走り寄って母の腕をつかんだ。

「お母さん、何してるの。駄目よ、放して!」

母はあわてたヨンスの叫びにも耳を貸そうとはせずに、布団を押えていた。青ざめたヨンスが泣き叫んだ。

「お母さん、放してちょうだい!　お父さん、お父さん!」

ヨンスはありったけの力で母を止めたが、とうてい引き離すことができず、大声で父を呼んだ。

母はまるで魂の抜けた人のようだった。自分でもわからない異常な勢いに押されて、腕の力を抜かなかった。母の涙が、布団の上にぽたぽた落ちた。

飛び起きてきた父とチョンスが、びっくりして母を引っ張った。

「おい、何してる」

「お母さん！」

母は息をぜいぜいさせながら、ありったけの力をこめていた。父とチョンスが両方から腕を引っ張り、やっとのことで母を引き離した。

ヨンスがいそいで布団をめくった。祖母はひどく怯えて、ため息をついていた。次の瞬間、母が腕を伸ばしたから、祖母はまた顔色を変えた。

「死んでちょうだい！」

母が泣き叫ぶように言った。

「狂ったのか？　どうしたんだ、しっかりしろ」

父は祖母を胸に抱いて、母に声を上げた。

「死んでちょうだい！」

「おい、落ち着け」

「お母さん」

チョンスは完全に狂ったようになってしまった母を抱き止めて、わんわん泣きだした。

そのとき、母は絶叫した。

「お義母さん！　私と一緒に死のう。私が死んだらどうやって生きてくの？　一緒に死のう。子どもたちに苦労かけないで、私と一緒に死のう！　お義母さん……」

ヨンスは涙を噛みしめた。

そのときまで父の胸に抱かれていた祖母は、苦痛に満ちた母の絶叫を、ぼんやりと聞いていた。気が抜けたのか、あるいはこの騒ぎで少し正気を取り戻したのか、祖母の目が潤んでいた。思うように死にきれない命を恨みでもするかのように、その濡れた目が悲しみに光っていた。

*

夜が明けつつあった。家の中は、嵐の過ぎ去った後の海辺のごとく、深い沈黙に沈んでいた。ほんの数時間前に騒動のあった家らしからぬ平和が、漂っているようでもあった。

それはまったく母のおかげだった。

母は朝早く目を覚ますと、何事もなかったかのように、普段と変わらない一日を始めた。夜中の事件で沈みこんでいた家族も、母のさっぱりとした態度で、すぐに平常心を取り戻した。

朝食の後、母は祖母を入浴させると言って、浴室に向かった。祖母もおとなしい羊のように、母に手を引かれて浴室に入っていった。

浴室のドアがぱたりと閉まると、ヨンスがあわてて走っていった。

「お母さん、私も手伝うわ」

ヨンスが不安にかられてドアをたたいた。不安なのは家族みな同じ気持ちで、浴室の中の動静に神経をとがらせていた。父はソファでやたらとタバコをふかし、チョンスも沈鬱な表情でその横に座っていた。

外の雰囲気など気にも留めず、浴室の中ではいつものように優しい母の声が聞こえていた。

母は祖母を便器に座らせ、心をこめて石鹸で洗っていた。昨夜、ひどく驚いた祖母が服を着たまま大小便を漏らしたのだ。

「お母さん、今度だけよ。私がいないときに漏らしたら、駄目だからね。約束できる？」

最後に足を拭いてやり、母がいくらかぶっきらぼうに、祖母に言い聞かせていた。

「やっちゃ駄目よ。昨日は私が驚かせたから漏らしたのね？　これからは駄目よ」

母は小さな子どもを叱るように、厳しい顔つきになった。そしてすぐに涙ぐんで、祖母をじっと見つめた。

「お母さん！」

外ではヨンスが不安な声で呼び続けていた。母は返答もせず、入浴を終えた祖母に新しい服を着せた。

「気持ちいいでしょ？」

祖母は何も言わずに、母を見ている。母は祖母の前にしゃがみこんで、目をそっとのぞきこんだ。

「さっぱりした？」

母を見ている祖母の瞳が、いつの間にかきれいに澄んでいた。正気が戻って、母の気持ちを理解しているようにも見えた。

母はそんな祖母を、満足げに眺めた。

「こうしてみると、花嫁さんみたい」

母が視線を下に向けて祖母の手首を握り、静かに続けた。

「お義母さん、私、先に行ってるから、早くおいでよ」

母の声は、穏やかなこだまになって祖母の胸の奥にしみた。

「けんかして仲良くなるっていうけど、私、お義母さんにだいぶ情が移ったわ。実家の母は早くに亡くなったし、お父さんが留学して、子どもたちもうちにいなくて寂しいときでも、お義母さんはそばにいてくれた。嫁が憎いと言いながらも、ときどき、自分の好きな物を食べないで私にくれたりしたね。お義母さん、もう何も覚えてないんでしょ？」

母はしばらく黙って、祖母を愛しげに眺めた。祖母の目にも、たくさんの物語が詰まっていた。

「お母さん」

浴室の前で心配しているヨンスの声が、二人の会話を遮った。今まで口を閉ざしていた祖母が、ヨンスを拒絶するように声を上げた。

「あっちに行け！」

母は、祖母が口を開いたので、はっと顔を上げた。祖母の目や表情が明るかった。母は祖母が正気を取り戻していることに気づき、涙を浮かべた。

「お義母さん、昨日は、ごめんね。私の気持ちはわかるでしょう？」

祖母の目にも涙が光った。母はまた祖母の手を取って、泣きだした。

「こんなこと言っちゃいけないんだけど……お義母さん、気が確かなうちに、舌でも噛んでちょうだい。私について来て。お父さんや子どもたちに苦労かけないで、私のところにおいで。待ってるからね」

母は祖母の手首を引っ張り、自分の顔に当ててすすり泣いた。祖母は母の髪をそっとなでた。母の泣き声は、ますます止まらなくなった。

＊1【砧打ち】布を棒でたたいてしわを伸ばし、つやを出す作業

7章

翌朝、母は遅くまで眠りから覚めなかった。一昨日の夜の疲れで、ようやく熟睡できたのだ。家族は母を起こさず、静かに準備を始めた。父と母が二人だけで、一山《イルサン》の新しい家に出かけることにしたのだ。

ヨンスが朝食を準備している間、チョンスは母の荷物をまとめた。祖母の部屋では、父が祖母に朝食を食べさせているところだ。

「はい、あーんして」

祖母は、父がスプーンで口に入れてくれるお粥《かゆ》を、おとなしく食べていた。いつになく従順な目つきは、何か物思いにふけっているようにも見える。

「よく食べるね。ほら、もう一度、あーん」

父は母の代わりに祖母にお粥を食べさせながら、いつの間にか母を真似ていた。祖母は、心ここにあらずというふうではあったものの、父に言われるままに、口を開けてお粥を食べた。そして時折、意味のわからない微笑を浮かべたりした。

「さあ、水を飲んで、ゆっくりお休みなさい」

父は、祖母が食事を終えて水を飲むのを見届けてから、部屋を出た。キッチンではテンジャンチゲのいい匂いが漂っていた。

「出かける準備もしないで、寝坊しちゃったわ」

少しすると、母がのびをしながらキッチンに出てきた。母はテンジャンチゲの鍋のふたを取って、にっこり笑った。

「お米のとぎ汁を使ったの？」

「ええ」

ヨンスが照れながらうなずいた。

「もう家事も一人前ね」

母は、テーブルに並んだおかずをつまみ食いして、うれしそうにヨンスを眺めた。

「あら、おいしい」

「塩加減は大丈夫？」

「ちょうどいいわ」

久しぶりに母の明るい姿を見て、ヨンスも気分が良かった。ヨンスはチゲを器に盛ってテーブルに出し、スプーンとお箸をきちんと並べた。母はそんなヨンスを見ると胸がいっぱいになり、娘の名を呼んでみた。

「ヨンス」

「はい」

「ヨンス」

とても優しい声だった。ヨンスは鼻の奥がじんとしてきて、顔を伏せた。母はヨンスが答えても、何度も名を呼ぶ。

「何だかやたらに名前が呼びたい。ヨンス」

ヨンスは、拭く必要もない食器を拭くふりをしながら返事をする。

「ヨンス」

「……はい」

「私、ヨンスがとってもかわいいな」

その瞬間、うっと喉が詰まったのは、ヨンス一人ではなかった。母は、はにかんだ娘の後ろ姿をずっと見つめている。

あの子を嫁に出したら、実家の母は口うるさくて、などと言われながら、キムチやおかずをあれこれ持たせてやろうと楽しみにしていたのに。私が母にしてもらえなかったことを、してあげようと思っていたのに。娘は母と同じ運命をたどるって言うけど、ほんとにそうなっちゃったら、どうしよう。かわいそうで、どうしよう。

母は涙が頬をつたって流れるのも忘れ、娘の後ろ姿を見ていた。

「お母さん、起きてたの」

いつの間にかチョンスがそばに来て、母を後ろから抱きしめた。母はすぐに涙を拭いて感情を押し殺した。

父もテーブルについた。チョンスは、母が泣いているのに気づかないふりをして、姉がご飯を運ぶのを手伝った。

家族がテーブルを囲んで食事を始めた。チョンスが母の横に座り、スプーンにおかずを載せてやっている。

「今度は何がいい？　大根のナムル？　きのこ？」

母は、息子が載せてくれたものを黙って口に運んでいる。父はその様子を見ないふりをしながら新聞に目を通し、ヨンスはコップに水を入れたり、チゲの中身を足したりと、立ったり座ったりしている。

「何？　お豆腐？　お母さん、言ってよ。お母さんがチゲを食べたいのに僕が大根ナムルをあげたり、きのこが食べたいのにお豆腐をあげたりするかもしれないじゃないか」

何も言わずにスプーンをのぞきこんでいる母に、チョンスが笑いながら優しく尋ねた。

黙っていた母が、寂しげな笑みを浮かべて口を開いた。

「あんたがお豆腐をくれたら、お豆腐が食べたかったような気になるし、きのこをくれたら、きのこが食べたかったような気がするわ」

母は今、息子がスプーンに砂を載せてくれたとしても、それが食べたかったような気がするだろう。

年若い息子にも未練は残る。いずれはチョンスも結婚し、父親になる。この子が結婚したら、してみたいことが、たくさんあった。嫁と一緒に市場に行って、服を買ってやったり、一緒にスンデ（ソーセージに似た形の豚の腸詰め）を食べたりしたかった。

母は、友人たちが息子の嫁と手をつないで買い物に行くのを見ると、とてもうらやましかった。孫ができたら、補薬《ポヤク》（元気をつけるために薬草などを煎じてのむ薬）を飲ませたり、むずかる赤ん坊をあやしたりして、抱いたまま昼寝もしてみたかった。

たまに嫁が調子に乗って偉そうな口を利いたら、姑らしく叱ってやろう。そんなことを考えては、すぐにまた思い直した。いや、そんなことをして、息子に当たられても困るじゃないか。

世間でよく言われる、「姑いびり」というのも気になった。本当に、そんなひどい嫁がいるんだろうか。うちの子の嫁がそんなふうだったら、どうしよう。

しかし今となっては、息子の結婚どころか、大学の学費も自分で払ってやれそうにない。もしかしたら最後になるかもしれない朝食が、こうして終わった。

母はやっとのことで、よそいきの服に着替え、その場に座りこんでいた。壁にもたれて荒い息をしていた母が、ネクタイを締めている父に聞いた。

「どこに行くの？」

「いいところ」

二人で遊びに行こうと言う父に、そうしようと答えたものの、体がだるくて歩けそうになかった。

「子どもたちと一緒に、家で休んでいたいんだけど」

「つらいか？」

父が振り向いて母を見ながら、心配そうに聞いた。

「うん」

父は悲しみがこみ上げたが、顔を背けてネクタイをいじりながら、気にもかけていないようなふりをした。

「静かなところで休みたいと言ってたじゃないか。車で行くから大丈夫だ。服も着替えたんだし、出かけよう」

それを聞いて、母は密かに微笑んだ。自分を連れて出かけたがる父の気持ちが、うれしかった。

「ええ、どこに連れてってくれるのか、行ってみようじゃないの」

母は大儀そうに起き上がり、部屋を出た。

「お義母さんがどうしてるか、ちょっと見てくるから、先に出てて。子どもたちが待ってるわ」

母は、祖母の手を取ってしゃがみこむと、さりげなく別れの挨拶をした。

「お義母さん、私、お父さんがどこかに連れてってくれるんだって。つらいから、行きたくない気もするんだけど。途中で休憩しながら行ってみるわ。ただ、この家がちょっと気がかりなの。情が断たれてしまうみたいで。おとなしくしてるのよ」

祖母が黙ってうなずいた。母は潤んだ目でしばらく祖母を見て、握った手にもう一度力をこめた。

「私、行くわ」

「……行きなさい」

「行くわね」

二人はしばらく目と目を合わせていた。会話を交わすかのように、祖母も母も、顔をそらすことができなかった。互いの目の中で、歳月が走馬灯のように流れた。共に過ごした日々に積もり積もった悲しみが、泡のように一つずつ弾けて消えた。

*

家の前にはクンドクのタクシーが来ていた。妻から姉の事情を聞いて以来、クンドクはタクシーの運転に専念してそれなりにちゃんと働いていた。

妻も姉も、そして姉の家族も気づいていなかったが、クンドクはこの数日、タクシーで姉の家のまわりをぐるぐる回っていた。母親代わりの姉。チンピラみたいな弟を受け止めてくれた姉。そんな姉が死にかけている。それでも、ひどい迷惑をかけ続けた過去を思い返すと、面と向かって姉に許しを請うこともできなかった。

今日、クンドクは、姉の留守中におばあさんの世話をする妻を送ってきたのだ。

「まったく、人づき合いが悪いったら！」

妻は、家の前まで来ていながら、中に入ろうとしないクンドクに腹を立てていた。妻が小言を言うと、クンドクはいつも黙ってしらばっくれる。今日も同じだ。とてもじゃないが、姉の最後の姿を見る勇気はない。

「渡してくれ」

クンドクは、ぶすっとした顔で紙袋を出した。

「何？」

「遊びに行くんだろ？　持っていけって渡せ」

「何なのよ？」

「胡桃《くるみ》菓子。姉ちゃんの好物だ」

クンドクは、笑みをたたえて流し目で見る妻から目をそらし、ハンドルを握った。涙を見られたくなかった。

「昨日、買ってきたんだ。電子レンジで温めて食べろって言ってくれ。喉を詰まらせるなって」

クンドクは、姉のいる家のほうをちょっと振り返ると、行ってしまった。妻はそんな夫を見送りながら、舌打ちをした。どうしてあんなに融通が利かないのかしら。

クンドクは細い道を出ると、タクシーを止めた。それ以上前に進めない。彼は両手でハンドルを思いきりたたいた。そして崩れるごとく、ハンドルにゆっくりと顔を埋めた。

クンドクの肩が揺れ始めた。抑えていた悲しみを爆発させ、クンドクは小さな子どものように大きな声でえんえんと泣いた。通り過ぎる人たちがちらちらとタクシーを見ても、慟哭《どうこく》し続けた。

「姉ちゃん、イニ姉ちゃん……さようなら……」

出発時間が近づき、母は青ざめて疲れた姿で門を出た。クンドクの妻が後を追ってきた。

「気をつけてね。これはおかず。それからこれは胡桃菓子。うちの人が買ってきたの」

「クンドクが？」

母は、胡桃菓子の紙袋を胸に抱いた。胸がじんとして、もう一度袋を見下ろした。馬鹿な弟の気持ちが、その中にこめられていた。

「うちの人、今は働いてるの。またタクシー会社に行ってるわ」

母は義妹を見て、うなずいた。

「あんたにはすまないわね」

「あたしなんか、何もできなくて」

母は胡桃菓子の袋を大事に抱えたまま、最後の頼みをした。

「おばあさんをお願いね」

「ええ」

母は義妹の背中をとんとんたたき、目をのぞきこんだ。クンドクの妻はもう、故障した水道の蛇口のように、涙をぼとぼと落としていた。

母は義妹を後にして、車に向かった。チョンスとヨンスが前の座席に座っていた。母は車の前座席のドアをたたいてチョンスを呼んだ。

「チョンス、あんた後ろに乗りなさい。あなたは前に乗って」

チョンスは、物足りなそうな父の眼差しを感じながら、のろのろと後部座席に座った。

車はゆっくりと出発し、手を振るクンドクの妻の姿が、少しずつ小さくなっていった。

車はソウル市内を出て江北《カンブク》の川沿いの道路に入った。道路はしばらくすると、自由路に合流した。

母はチョンスの手をしっかり握り、運転するヨンスの後ろ姿を眺めていた。

「家族でドライブなんて、素敵」

母が明るく言っても、父もヨンスも何も答えなかった。母は気にも留めずに、窓の外に目を向けた。車はいつの間にか自由路を抜けて、一山市内を走っていた。

「一山ね？　外郭道路の、ラブホテルのたくさんあるところにでも行くつもり？」

母が子どものように屈託なく聞くと、父は黙ってうなずいた。そのとき、車はちょうど一山保健所の前を通りかかった。父は、これから自分が勤めることになる保健所を見ながら、心の中で母にささやいた。

(よく見ておけよ。おまえが死んだ後に、男がひとり、あそこで働くことになっている。羽をむしられた鶏みたいな、老いぼれの、独り者の保健所長がな)

夫の心の声が聞き取れるはずもない母は、すでに疲労困憊《こんぱい》していた。

「ほかのところへ行きましょうよ。景色のいいところに」

母は、うとうとし始めた。チョンスは母の手をしっかり握ったまま、固い表情で窓の外を眺めていた。

しばらくすると、母は車の止まる気配で目を覚ました。

「着いたわ」

「ここ……うちじゃないの！」

母は不思議そうにあたりを見回した。ヨンスは母の喜ぶ姿を見て、父に向かって微笑んだ。

「俺がヨンスと一緒に、ざっと片付けておいた。中に入ろう」

母は荷物を持って降りる父に、温かい眼差しを向けていたが、すぐに目が潤み始めた。

母は車から降りようともせず、しばらく新居をじっと眺めていた。

母はようやく、今日のドライブが、子どもたちとの最後の旅行だったことに気づいた。

「チョンス」

チョンスは、さっきから窓の外ばかり見ている。母に呼ばれて少し顔を向けかけたが、すぐにまた視線をそらせてしまった。

「チョンス、お母さんの顔を見なさい」

チョンスは唇を噛んだまま、うなだれた。母は息子のコートのボタンを一つ一つかけてやりながら、言葉を続けた。

「お母さんはここでゆっくり休んだら、明日にでも家に戻るからね」

母の手の甲に、チョンスの熱い涙が落ちた。

「泣いてるの?」

チョンスは、やっとのことで首を横に振った。母はそれに気づかないふりをしながら、いたずらっぽく聞いた。

「チョンス、私は誰?」

「……お母さん」

チョンスは泣くまいと顔を上に向けて、目を大きく見開いた。母は笑顔を作った。

「もう一回だけ呼んで」

「お……かあ……さん」

チョンスはとうとう喉が詰まって、肩が波打った。母は小さな子どもに言い聞かせるように、ゆっくり言った。

「チョンス。お母さんの顔や、笑い声なんかは忘れても、あんたがお母さんのお腹から生まれたっていうことは、忘れないでね」

チョンスは唇を噛んでうなずいた。母も一緒にうなずきながら、息子の頭をゆっくりなでた。そして、指にはめていた指輪を息子に握らせた。

「これ、あんたが結婚するとき、お嫁さんにあげなさい」

母は、チョンスがその指輪を受け取ろうとしないで首を横に振っているので、ついに涙を流した。

「忘れるといけないから。いくら考えても、あげる物はこれしかないの。ごめんね」

チョンスは母の胸に抱かれ、涙をこらえようと歯を食いしばった。そんなふうにしばらく息子を抱きしめていた母が、チョンスを引き離して窓の外に顔を向けた。

「降りてなさい。お姉ちゃんと話があるの」

チョンスが車を降りた。

母はつらそうにシートにもたれ、涙をこらえた。

「ヨンス、お母さんはどうやらもうすぐ意識がなくなりそうだわ。頭がぼうっとする」

ヨンスは、母が子どもに最後のお別れをしているのだと思った。母の顔を見ることができずに、ハンドルをつかんだまま、うなずいた。

背後で母の低い声が続いた。

「お母さんはヨンスが好きよ。わかってるでしょ？」

「うん、あたしも……お母さんが……好き」

ヨンスはうつむいて、母に気づかれないように泣いていた。

「そう。好き。とっても好き」

母も泣いているのだろうか。声が震えているようだ。

「あんたは……私で、お母さんは……ヨンスよ」

「うん」

「チョンスを連れて帰りなさい。お母さんは、お父さんと一緒に休むわ」

ヨンスは声を殺してうなずいた。そのとき、母が後ろからヨンスの首に抱きついた。

「いい子ね」

涙に濡れた母の唇が、ヨンスの頬に触れた。ヨンスの頬にもとめどなく涙が流れていた。

＊

子どもたちが帰っていく。母は遠ざかる後ろ姿に、ずっと手を振っていた。子どもたちの姿が、焼き印のように、目にも胸にも肋骨にも足の甲にも刻みつけられるような気がした。あの子たちが、私の子どもたちが泣きながら帰ってゆく。遠くから見ても、母にははっきり見える。見ないとわからないというが、それは違うと思った。母親だから、見なくてもすべてわかる。母はこみ上げる涙をこらえ、唇をぐっと噛みしめた。

死ぬということ、それは見られなくなるということだ。見たくても一生見られないこと。さわりたくてもさわれないこと。一生見ることもさわることもできず、声も聞けなくなること。それがまさに死という名の、残酷な別れなのだ。

母は石像のごとく立ち尽くし、遠ざかってゆくヨンスの車を、見えなくなるまで見送っていた。父がそんな母の肩を抱いて、家の中に入った。

母はきれいに飾られた家の内部を見ると、目を丸くした。タンスや応接セット、テーブル、ベッドまで、すべてが完璧に見えた。カーテン、額、掛け時計などもすべて好みに合っていた。

「すごくいい。いったい、いつの間に」

「気に入ったか？　適当にそろえたんだが」

母は、父のそんな配慮がうれしい一方で、惜しい気がした。新居で家族と一緒に新しい思い出をつくりたかったのに、母がこの家で過ごせる時間は、あまりにも短い。思い出をつくるよりは、永遠の別れをする、残念な場所になるだろうという予感で、母は虚しい気持ちになった。
母はドライブで疲れたのか、ベッドに横たわって眠りに落ちた。

冬の日は短い。母は眠りこんでしまって、あれほど見たがっていた夕暮れの湖も見られなかった。父は、むしろ幸いだと思った。夕日の落ちる光景が、妻に特別な感興を起こすだろうか。自らが夕日のように沈みつつある妻は、美しい黄昏《たそがれ》の中で、自分の死に思いを馳せるに違いないのだ。

母が眠っている間に、父は一人で夕食を準備した。生まれて初めて作る、妻のための料理だ。

母は湖の周辺に闇の帳《とばり》が下りた後、ようやく目を覚ました。

「あら、上手にできてる。あなた、またお婿《むこ》さんに行けるわね」

母は、父が心をこめて作ったお粥を力なく食べながら、にっこりした。

「これ、どうやって作ったの?」

「ヨンスに習ったんだ」

母は口よりも目で、料理を味わった。父はひとさじでも余計に食べさせようとスプーンを運んだが、母は見ているだけだった。口が苦く、吐き気がしてあまり食べられない。

「もうひと口だけ食べてごらん」

「もう、お茶にしようよ」

父が最後に口に入れてくれたお粥を仕方なくのみこむと、母は不器用に甘えてみせた。

そんな母を見て、父は微笑した。

父はすぐにお茶をいれ、リビングに持っていった。

「何のお茶？　いい香り」

「わからん。ただ、香りのいいお茶だ。熱いから、フーフーして飲めよ」

「新婚旅行に来たみたい。あなたが留学に行っちゃったから、私たち、二人きりで暮らしたことがないの、覚えてるでしょ？」

お茶をひと口飲んで笑みを浮かべる母を、父は悲しい目で見ている。名前のわからないお茶一杯であんなに幸福そうにしている女に、どうして今まで、そんな簡単なことをしてやれなかったのだろう。一日に一時間でも、いやひと月に十分でも妻をこれぐらい喜ばせてやっていれば、今ほど後悔はしなかっただろう。

父の悔恨を刺激するように、母が言った。

「晩年に福が来るっていうけど、こんな日のことを言うのね。あなたはいいわ。こんな家で、これから十年は暮らすでしょう？」

父は、母の言葉を黙殺して言った。

「風呂入るか？」

「疲れた」

「疲れたから、風呂に入るんだよ。洗ってやろう」

「ほんと？」

母が面食らって父を見つめた。お風呂どころか、真夏にひしゃく一杯の水だってかけてくれたことがない。

父は気恥ずかしく、申し訳ないような気持ちで母をひょいと抱き上げた。母は恥ずかしがりつつも、おとなしく父に抱かれていた。

浴室に入った父は、母を浴槽に腰掛けさせて、服を一枚ずつそっと脱がせた。ゆで卵のように白く柔らかかった肌が、今では木の皮のように乾き、ところどころ痣《あざ》までついている。それでも父の目にはちっとも見苦しくはなく、新婚の花嫁のように美しい。

浴槽には、すでにお湯がなみなみと入っていた。父は母の体を用心深く浴槽に横たえ、石鹸でていねいに洗ってやった。母は決まり悪かったけれども、くすぐったがる子どものように甘えた。

「目にしみる」

「だから、目をしっかりつぶってなきゃ」

「つぶってても、しみる」

父は母の髪をすすぎ、ドライヤーできちんと乾かしてから、買っておいたパジャマを着せた。ほんのり赤くなった母の顔は、少女のように明るかった。父はタオルで顔に残った水気を拭いてやり、母をじっと見つめた。

「うちの奥さん、きれいだね」

それを聞いた母が、嫁入りしたばかりの花嫁のように恥ずかしそうに笑った。あの笑顔を、いつかまた再び見ることができるだろうか。千年後、来世の、名前も知らないどこかの村で、あるいは見知らぬ街角で、見ることがあるだろうか。

きれいだ。あの笑顔。悲しいほどきれいだ。

母と父は、ベッドに並んで横たわった。

「テレビでも持ってくればよかった。することがないな」

横たわってあたりを見回していた父が、先に口を開いた。父はどこに目をやっていいのかわからず、まごまごしていた。何せ、夫婦でこんなにゆっくりしたことがないから、ちょっと照れくさかったのだ。

物思いにふけっていた母が言った。

「ねえ、お願いがあるの」

「……」

「私のお墓を造って」

少し前まで、母は冷たい地面に埋められるのはいやだ、火葬のほうがいいと言っていた。そのときは、つまらないことを言うなと叱ったが、今の父にはそんな勇気もない。

「土葬は息が詰まりそうだから、火葬にしてくれって言ってたじゃないか」

「うちのお母さんは火葬にしたんだけど、あまり良くないわ。南漢江《ナマンガン》に散骨したのに、時間がたつとどこにまいたんだか、よくわからないの。それで、こっちで泣いてみたり、あっちで泣いてみたり、まるで頭のおかしい人みたい。あなたと子どもたちに、そんなことさせたくない」

父は、低くため息をついた。しばらく言葉を失ったように指をくわえていた母が、そっと聞いた。

「あなたは、私がいなくても大丈夫でしょう？」

父が黙って母を見た。母はその視線を避けて、言葉を続けた。

「小言を言われないから、いいでしょ」

「……」

「私に会いたくなると思う？」

父はもうこれ以上、母の顔を見ることができずに、ただうなずいた。

母がまた聞いた。

「いつ？　どんなとき？」

「……いつでも」

「たとえば？」

「朝、ネクタイを締めるとき」

「それから？」

「まずい味噌汁を飲んだとき」

「それから？」

「おいしい味噌汁を飲んだとき」

「それから？」

尋ねる母も、答える父も、だんだん声が小さくなっていった。父は母のほうを見ずに、心の中にためていた言葉を、一つずつ吐き出した。

「酒を飲むとき、酔いが醒めたとき、布団を見たとき、小言が聞きたくなったとき、母さんが呆《ぼ》けて変なことをしたとき、ヨンスが嫁に行くとき、チョンスが大学に入るとき、卒業するとき、元日のチヂミを作るとき、仲秋に松餅《ソンピョン》を作るとき、病気したとき、寂しいとき……」

父の告白が続いている間、母は涙のたまった目で、あたりを見回していた。母も、父の顔をまともに見られなかった。

「あなた、早く来てね。私が退屈しないように」

母の目から涙がこぼれた。父は母をぐっと抱きしめた。そしてもう我慢できなくなり、声を上げて泣きだした。

母が濡れた目を上げて、はにかむように笑いながら父を見つめた。

「ねえ、私がかわいいなら、キスして」

父は母の顔を両手ではさんで、長い口づけをした。

「イニ……本当に……ありがとう」

*

朝のまぶしい光が寝室にあふれた。日差しはまるで祝福のように注がれ、眠っている母の白い顔を照らしていた。

父は眠りから覚めるとすぐ、そっと母を呼んだ。

「おい」

母は父の腕に抱かれたまま、微動だにしなかった。母を抱いている右腕には、もう体温が伝わってこない。父の目に涙があふれた。父は母の顔を見ることができないまま、もう一度静かに呼んでみた。

「おい……」

母は何も答えない。父は体を起こし、まるで眠っているように目を覚まさない母を、静かに見下ろした。

「イニ！」

もう永遠に返事の返ってこない名を呼んで、父は嗚咽《おえつ》していた。涙がとめどなく頬をつたって流れ落ちた。

父は体をかがめ、冷たくなった妻の体を思いきり抱きしめた。母の唇に口づけし、そうしていつまでも、いつまでも、抱いていた。

いつの間にたまっていたのか。深い眠りについた母の目にも、冷たい涙が光っていた。


（終）

ノ・ヒギョンが語る母の話

もし生まれ変わったら、まず親孝行をしたい

〈親も子どもの恨*1《ハン》になった〉

母が亡くなる前、私は彼女が私の恨になるとは、考えもしていなかった。だがその頃、私は確かに彼女の恨だったはずだ。

うちの母はとても素直な人だった。素直の度が過ぎて、知らない人の目にはちょっと足りないように見えたかもしれない。彼女は若いときは気が短くて、よく子どもを怒鳴りつけていたが、不思議なことに五十の坂を越えた途端、白髪としわが増えて急速に老けこんだ。そして、好きとか嫌いとかいう感情も表さない、ただのお人好しに変貌してしまった。

そんな母の変化について、子どもたちは各自の解釈を述べたが、貧乏暮らしで疲れたのだろうという結論に達した。五十で気力が萎《な》え始めた母は、それ以後、誰かが好き勝手な

ことを言っても怒らず、横で誰かが失神しても、たいして関心を見せなかった。そうこうするうち、五十代半ばでガンにかかった。あまり気持ちを顔に出さなかったが、一年半の短い闘病生活で子どもたちが看病疲れを見せるや、三日間昏睡状態に陥り、ある晴れた日にすっと目を閉じた。

私は今も母の臨終を思い出す。彼女は安らかな笑顔も、苦痛にゆがんだ表情も見せず、ずいぶんあっさりと亡くなった。

私たちの別れは美しくも、悲しくもなかった。私は当時、母の葬式を出しながら、ただ一つのことだけを考えていた。早く終わればいい、ぐっすり眠りたい……それればかりだった。

私は母を愛していた。今も愛している。

「死者を愛してはならない。故人が胸を痛めて、成仏できなくなる」

私が毎日母のことを考えていると知って、あるお坊さんがそんな忠告をしてくれた。それは正しい忠告だと思った。そうだ、行かないで。お母さん、あの世に行かないで。魂だけでもこの世に残って、私と一緒に食べたり、遊んだりしようよ。

私の言うことはおかしい、とみなが言うだろう。母親の死んだ日に、眠ることしか考えていなかったくせに、愛しているとか、あの世に行くなとか、何を言ってるのだ、と。そう、これは実に理に適っていない。でも、本当にそう思ったのだ。

私には、酒も飲まずに同じことを何度も繰り返して話すという、悪い癖がある。母が亡くなってから、この病はいよいよ重症になった。私の知人たちが十五回ぐらいずつ聞いた話を、私はまたしようとしている。

母が亡くなる十数日前のことだ。その日は土曜日だった。その日私は早く帰宅して、母と父、そして今ではうちの養女になった孤児の友人ヒャンイと共に、城南《ソンナム》文化会館で行われる*2孔玉振《コンオクチン》女史の公演を見に行ったことがある。母は公演を見物するのが生まれて初めてだったし（これは本当だ。もちろん、うちの近所で薬売りが歌うのを聞いたことはあるが、一万ウォンも入場料を払って公演を見物したのは初めてだった）、私も母と一緒に公演を見るのは、それが最初で最後だった。私たちは見物をとても楽しんだ。贅沢《ぜいたく》にもタクシーに乗り、公演の最中に寄付金を集めにきた慈善活動に一万ウォンも寄付し、公演を見ながら豪快に笑った。

そのときが思い出される。私はただ普通に笑っていたのだけれども、母の見物する様子は傑作だった。子どものように目を丸くし、みんなが笑う場面で意味もなく目を赤くして拍手をしていたのだ。その拍手の音が、また実に大きかった。それを見て私は満足に思い、親孝行できたような気がした。

私たちは公演を見終わると、五千ウォンもする孔玉振の木彫り人形を買い、日式（韓国式の日本料理）の食堂に入った。両親にご馳走をするのも初めてだった。

そうそう、食堂に行く前、もうじゅうぶんすぎると思ったのか、父は家で食べよう、外でお金を使うことはないと言い張ったけれど、母は、うちの末娘は何を食べさせてくれるのかなと言いながら、すんなり応じた。素直なこと。

実はその頃、私のふところは寒かった。しかしいったん口に出したことを、撤回することもできない。私は堂々と食堂のドアを開けて入っていったものの、注文したのはアルタン（魚の卵の辛いスープ）と握り寿司だけだった。料理が出され、その貧弱さが決まり悪く、私は、さあ食べようと言って、真っ先に箸を持った。

しかし、しばらく父と私、そしてヒャンイが箸を動かしているのに、母はじっとしていた。料理が気に入らないのだろう。他のものを注文するべきだろうか。申し訳なさに母の顔も見られないで、私はそんなことを考えていた。

そして勇気を出して母の顔を見ると……、その目を見ると……、泣いていた。涙が出るほどうれしかったのだ。

「こんなによくしてもらったことはないよ」

母は、そんな安物の親孝行にも感動するような人だった。

私は今も、そのときのことが忘れられない。それまで私は、どれほど母に無関心であったことか。

実に妙なことだ。生きているときは、ただ単に母だったのに、それ以上の存在ではなかったのに、いざ亡くなってみると、彼女が私の人生のすべてだったような気がする。それでも彼女なしで生きているのだから、妙なことではある。

『この世でいちばん美しい別れ』はフィクションだ。うちの父は医者ではなかったし、私はヨンスみたいに素直な娘ではなかった。だが、私はこれを書きながら、ずいぶん泣いた。金《キム》イニ、彼女はまさにうちの母そっくりだったからだ。私はこのドラマの執筆を通して、自分が母にとって出来の悪い恨だったように、母もまた今の私にとっては、尽くせなかった愛の恨になっていることに気づいた。

私は願う。来世でまた母に会ったなら、再び彼女の末娘になったなら、これ以上望むことはない。

私が母を愛していたということ、命のように愛していたということを、彼女は知っていただろうか。葬式のときにはうとうと寝てばかりいたけれども、今まで一日も欠かさず、母を思って泣いていることを知っているだろうか。どうか、知らないままでいてほしい。

＊1【恨】韓国文化のキーワードとなる情緒。単なる「恨み」の感情ではなく、あるべき状態に到達できなかったことへの後悔、心残り、無念さ、もどかしさ、悲しみといったものが入り交じった気持ちを言う。筆者は親に対してじゅうぶんな孝行ができなかったことを、「親が子どもの恨になった」と表現しているのである。反対に、子どもは親が望んだとおりにならなかったりすることで、親の恨になる

＊2【孔玉振】一九三一〜。パンソリ（韓国の民俗芸能の一つで、演者が一人で歌、台詞、身ぶりをまじえて物語を語るもの）と舞踊を合体させた「一人唱舞劇」を創案し、各地で公演した

痛みの記憶は多いほど良い

私は慶尚南道咸陽《キョンサンナムドハミャン》の山奥で、貧しい家の七人兄弟の六番目の子どもとして生まれた。私の誕生は、あまりめでたいことではなかった。できたから産んだ、というのにすぎない。期待も喜びもない出生だった。それでなくとも子どもたちに三度のご飯を食べさせるのがやっとなのに、また赤ん坊だなんて。母は、私を産んで泣いただろう。赤ん坊のほうが、余計にお金がかかると言うぐらいだから。

そのため、私は生まれてすぐおくるみに包まれ、オンドルの焚《た》き口からいちばん遠いところに置かれた。暖房の届かない場所に三、四日置いておけば自然に死ぬだろうし、家の負担も減るだろう。祖母は泣いている母を押しのけて私を冷たい床に置くと、誰であれ、この子の面倒を見たりしたら、ただじゃおかないと言ったそうだ。

私は真冬の冷たい床の上に、そうして半月ほど置かれていた。それでも私は生き延びた。奇跡ではない。母に言い含められたいちばん上の姉が、祖母が野良仕事をしている間に、生米を噛んで私の口に入れてくれていたのだ。

私の受難はそれにとどまらない。私はそれ以後、家の状態が危うくなるたびに、お荷物扱いされた。私の記憶が確かなら、四歳頃、母が孝昌洞《ヒョチャンドン》の住宅街に私を捨てようとしたこともある。もちろん、善良で気の弱い母は少し歩きかけると、再び私の手を引いて家に帰ったけれど。そのとき、家で母が私の背中をたたきながら言った言葉が、思い出される。

「母親に捨てられるってのに、あんたはどうして泣きもしないの」

それから私は、まるで私を捨てようとした家族に復讐するように、やたらと家族に心配をかけるようになった。小学校四年のときにタバコを覚え(すぐにばれて吸えなくなった)、高校生のときには飲めない酒を飲んで病院に入院したり、何かと問題を起こしては、母が学校に呼び出されたりした。大学は浪人し、数えきれないほど家出もした。

覚えているだけでもこんなにあるのに、自分で覚えていない過ちは、どれほど多いかしれない。そのため私は三日に一度ぐらい、「類《たぐい》まれなる役立たず」と言われながら成長した。家族はもちろん、友達も私を、橋の下に捨てられた子どものように思っていた。何せ、私が就職して初月給をもらった日、友人は私の手を取って「あんたも真人間になったのねえ」

と涙まで流したのだ。

今、その頃の話は格好のネタになっている。私は一時期、自分の成長過程に懐疑を抱いたこともあったが、今は違う。私がもし貧乏を知らなかったならば、人生のつらさを理解できただろうか。私がもし優等生だったら、落伍者の鬱憤《うっぷん》を語ることができただろうか。失敗の後に立ち上がることができただろうか。

私は、作家には痛みの記憶が多いほど良いと思っている。いや、作家でなくとも、誰にとっても痛みの記憶は必要なのだ。自分が痛いからこそ他人の痛みがわかり、敗北してみないと敗北者の気持ちを慰めることはできないからだ。

しかしそう言う私にも、後悔することがないわけではない。母が生きているとき、お金を稼いでいる姿を見せられたらよかったのに。今、うろうろしている人たち、あなたたちの迷いはまったく正しい。だが、あなたのお母さんが生きているうちに、どうか迷いをやめよ。痛みの記憶がいくら人生の滋養分になるといっても、親不孝だけはするものではない。

大学時代に家出した私を探して、みすぼらしい身なりで学校の正門の前に立っていた母の姿が、今も目に浮かぶ。そのときも、その後も、どうして私は母に「ごめんなさい」というひと言が言えなかったのだろう。

どうか、あなたたちはこんな思い出を作らないでください。

「痛みの記憶は多いほど良い」後日談

先の文章を発表してしばらく後、私は上の姉から、衝撃的な事実を知らされた。私の出生当時の話が嘘だというのだ。母から聞いた話を書いたのに、それでは母が嘘をついたというのか？　胸がどきっとした。

姉の話はこうだ。母は当時、子どもを産みたくなかった。女の子はなおさら欲しくなかった。家計が苦しいのに、夫は子どもをつくりに、ときたま家に帰ってくるだけで、生計には無関心な人だ。子ども五人でも大変なのに、六番目だなんて。それも、自分と同じような運命をたどるに決まっている女の子だ。

母は私を産むと、わざわざ風の入るところに座っていた。それから、私をオンドルの焚き口から遠いところに寝かせたそうだ。母と十七歳しか違わない上の姉と、二十一歳しか違わない上の兄は、そんな母が恐ろしかったという。どうして自分の子を、寒いところに置いて死なせようとするのか。祖母は、そんな母が理解できないと言ったらしい。そして祖母から言い含められた上の姉が、生米を噛んで私に食べさせた。そうして命をつないだ私を見て、祖母は、母をこんこんと諭した。

「寒いところに寝かせても死なないのだから、このまま育てなさい」

加害者が完全に入れ替わったこの話を、聞いたからといって良いことが一つもないこの話を、姉はなぜ、何のために、私にしたのだろう？　この事実を知らないでいれば、私は母に深く愛されていたという、つらくとも美しい思い出が一つ残ったはずなのに。

話を聞いた日、私は寝床の中で少し混乱していた。それでも、やがて気持ちの整理がついた。

そのとき、母はまだ三十一歳の若さだった。子ども六人に、人並み以下の夫。大変だっただろうし、子どもの存在はお荷物を通り越して、恨めしくすらあっただろう。この子がいなければ、と何度も何度も願ったはずだ。わざわざ生まれたときの話などしなくてもいいところを、嘘までついて私に話して聞かせたのは、罪の意識があったからに違いない。

とてもすまないと思っていたのだろう。のちには、私のことをとてもかわいいと言っていたのだから、それでじゅうぶんだ。

考えをそう整理して眠りにつきながら、私は自分も大人になったのだな、と思った。よくよく考えれば世の中には理解できないことなど、あまりないのかもしれない。ただ、相手の気持ちを推し量ることができなかっただけなのだ。姉の底意も理解できた。あたしがあんたを助けたんだよ。そう、姉は私を助けたのだ。二番目の姉も、上の兄も、下の兄も、下の姉も、いつも私を助けてくれた。とってもかわいいきょうだいたち。そして、かわいそうな、お母さん。

両親から受けた最高の遺産

両親が子どもに遺産を残さなかったなら、逆に、両親が残した遺産をその子どもが受け取らなかったならば、それは職務放棄だ。法的な制裁はなくとも、罪の報いは受ける。その分だけ幸福が減る。

私は二十代の半ばで、うちの養女であり友人でもある同い年の女の子と、保証金三百万ウォン、月八万ウォンの部屋を借りて家を出た。経済的な理由や、寂しいという理由で他の友人たちと一緒に暮らしたこともあったが、長続きしないで、いつも二人になった。そんなふうに十二年過ごすと、家族であろうが親しい友達であろうが、三、四日一緒に暮らしただけで疲れるようになった。

だが七年前、ひどい目に遭った。上の兄と一緒に暮らしていた父が、突然ガンにかかって居場所がなくなり（兄は外国へ移住しなければならなかった）、さらに下の兄の事情で甥《おい》と姪《めい》も預かるはめになったのだ。もともと騒音に対する免疫がなく、真夏でも雨や風の音がいやでドアを締め切ってしまう性質《たち》なのに、小学校と中学に通う子どもたちの、何とうるさいこと。それに加えて、十年以上離れて暮らしていた父は、午前四時には起きてテレビをつけ、台所に出入りし、トイレに行ったりするから、じっとしていても気が散って仕方がなかった。

とうてい耐えられなくて、仲のいい下の姉と一緒に住むことにした。姉と、姉の夫の大らかな性格で家の中を和やかにし、負担も分担してもらおうという心積もりであった。それなのに、事態はいっそうひどくなった。姉の子どもたちが加わって、子どもが四人に増えたからだ。それも学年がほぼ同じぐらいの、問題の多い思春期の子ばかりだ。

今思えば、それはすべて人間の営みのおもしろさであり、笑いの種なのだが、当時は本当に目の前が真っ暗だった。九人家族が暮らした家は、少し前に売りに出した。今度は大人四人で住む家を買うつもりだ。父は亡くなったし、二十歳になったら家から出すという原則にのっとって、男の子たちは去年と一昨年に一人ずつ独立させた。女の子二人は高三なのだが、来年には家から出す計画である。それでいて、私は子どもたちに対してすまないと思っている。母と父が私に残してくれた遺産に比べ、彼らにあげるものが少ないからだ。

母が亡くなってから十九年、父を失って四年目になる。母はホウレンソウのナムルとキムチ、焼き海苔《のり》と魚一切れというふうに、おかずはいつも一品か二品しか作らなかった。そうして貯めた現金四百万ウォンを、遺産として残した。

幼い頃、おかずが不満で「うちも、もっと食べようよ。通帳にお金があるじゃない」と言うと、「私が死んだときの葬式代だから、当てにしなさんな」と言っていたお金である。

当時母は四十代前半だったが、母の実家は代々短命な家系だったから、若い頃から自分の寿命を予感していたのだろう。予感は的中し、母は五十七歳の若さで亡くなった。遺産の四百万ウォンは母の言ったとおり、すべて葬式代として大切に使わせてもらった。

父が残したものは、母よりさらに少ない。一生定職につかず、子どもたちのくれるお小遣いで暮らしていたから、亡くなったときに残されたのは現金数十万ウォンと、城南《ソンナム》にある、借金の抵当に入った二十坪の古いアパートがすべてだった。それすら、もとは長兄がくれたようなものだ。しかし私は今になって、両親が残してくれた遺産は数えきれないと感じている。いくつか列挙して自慢しよう。

1. 両親は教育を受けられなかったので、知識によって人を無視しなかった。
2. 両親は賢くなかったから、賢くない人を無視しなかった。
3. 母は朝、近所のゴミを拾って町をきれいにし、まだ使える物は老人集会所に持っていって奉仕した。
4. 母は無口で、きついことは言わなかったから、言葉で人を傷つけることはなかった。
5. 母は市場で拾った傷んだジャガイモ、サツマイモ、白菜のきれいな部分を使って、お焼きや料理を作って子どもに食べさせ、隣人と分かち合った。

6. 両親は一生貧乏だったから、貧しい人をいつも自分のことのように気遣った。孤児二人の世話をして嫁に出し、他家にはいない養女までもらった。

7. 父はお金があればいつもまわりの人のために使い、おごってもらうよりも与えるほうが喜びが大きい、と常に言い張っていた。

8. 母は四十代後半から老けて歯が抜け、白髪になり、病気になったが、痛いと嘆くよりも、力が強すぎて子どもたちを抑えつけることがなくなったのは幸いだと思っていた。

9. 両親は、食べていけさえすれば、何よりも家族の情が大切だと言っていた。

10. 二人ともガンで亡くなったが、亡くなる過程が実に毅然としていて美しかった。死はそれほど恐ろしいものではなく、生を締めくくるための美しい機会であるという知恵を与えてくれた。

私のもらった遺産は、もちろんこれだけではない。遺産がたくさんあるから、生きていて実に幸せだと、折につけ思ったりする。*1『明心宝鑑《めいしんほうかん》』にこんな言葉があるそうだ。子どもにとって最高の遺産は、両親が人知れず行っていた善行である、と。そうであるならば、これからでも甥や姪、そして後輩たちに残す本当の遺産をつくるのが、私が大人として、今、なすべきことなのだろう。これから私の元を離れる甥や姪に贈る言葉をもって、この一文を終わりたい。

世の中に出てゆきもしないうちから恐れることはないよ。世の中って、あんたたちが思っているより、ずっと美しいものなの。あんたたちの両親も私も楽しく生きてきたんだし、怖がらないで。愛してる。

＊1【明心宝鑑】儒学の箴言《しんげん》集で、朝鮮では高麗時代に出版されたと言われている

ノ・ヒギョン [原作]

1966年生まれ。ソウル芸術大学文芸創作科卒業。1995年「セリとスジ」(MBC)で放送作家デビュー。代表作に、「この世で一番うつくしい別れ」(1996年 MBC/2011年邦題「世界で一番美しい別れ」でDVD日本発売)、「嘘」(1998年 KBS)、「わたしは本当に愛したのだろうか」(邦題/愛の群像)(1999年 MBC)、「孤独—愛するほどに深く」(2002年 KBS)、「花よりも美しく」(2004年 KBS)、「奇跡」(2006年 MBC)、「グッバイ・ソロ」(2006年 KBS)、「彼らが生きる世界」(2008年 KBS)、「赤いアメ」(2010年 KBS)など。著作に『いま愛していない人、全員有罪』(2009年 朝日新聞出版)がある。

吉川 凪 [翻訳]

大阪生まれ。新聞社勤務を経て韓国の延世大学語学堂、仁荷《イナ》大学国文科博士課程に留学。文学博士。著書に『朝鮮最初のモダニスト鄭芝溶《チョンジヨン》』(2002年 土曜美術社出版販売)、訳書に『ねこぐち村のこどもたち』(2002年 廣濟堂)などがある。

この世でいちばん美しい別れ

2011年10月28日　初版第1刷発行

原　作　ノ・ヒギョン

ノベライズ　イ・ソンスク
訳　者　吉川 凪
編　集　川口恵子
装　丁　内海 由
D T P　廣田稔明

発行者　金 承福
発行所　株式会社クオン
〒104-0052
東京都中央区月島2-5-9
電話　03-3532-3896
FAX　03-5548-6026
URL　http://www.cuon.jp/

●万一、落丁・乱丁のある場合はお取替えいたします。
小社までご連絡ください。

First published 2010 in Korea by Book log Company.
ISBN978-4-904855-03-4 C0097